Josie Charles stammt aus einer mittelgroßen deutschen Stadt. Früh entdeckte sie ihre Leidenschaft fürs Schreiben. Sie würde sich selbst als Romantikerin bezeichnen und hat eine Schwäche für schwierige Typen und mutige Frauen – trotzdem hat es eine ganze Weile gedauert, bis sie den Mut fand, ihren ersten romantischen Roman zu veröffentlichen. Mit fast dreißig hat sie beschlossen, dass die Zeit reif ist. Seitdem sind verschiedenste Storys aus dem Bereich Romance erschienen, von Sportler-Liebesromanen über College Love bis hin zu romantischen Kleinstadtgeschichten. Für Leser und alle anderen ist sie auf Facebook und Instagram jederzeit zu erreichen und freut sich über Rückmeldungen aller Art.
Josie Charles ist ein Pseudonym.

JOSIE
CHARLES

EAGLES EISHOCKEY

WENN WIR UNSER GEHEIMNIS TEILEN

Überarbeitete Neuausgabe Dezember 2023

Copyright © 2023 dp Verlag, ein Imprint der
dp DIGITAL PUBLISHERS GmbH
Made in Stuttgart with ♥
Alle Rechte vorbehalten

WENN WIR UNSER GEHEIMNIS TEILEN

ISBN 978-3-98778-670-9
E-Book-ISBN 978-3-98778-674-7

Copyright © 2019, Josie Charles
Dies ist eine überarbeitete Neuausgabe des bereits 2019 bei Josie
Charles erschienenen Titels Wenn wir unser Geheimnis teilen.
(ISBN: B07ZXD2G27).

Covergestaltung: Anne Gebhardt
Umschlaggestaltung: ARTC.ore Design
Unter Verwendung von Abbildungen von
shutterstock.com: © PawelG, © victipedia
depositphotos.com: © alfa4studio
Korrektorat: Stephanie Schilling
Satz: dp DIGITAL PUBLISHERS GmbH
Druck und Bindung: Books on Demand GmbH, Norderstedt

PROLOG

MALCOLM

Folge 109
The Ivy Diary
Podcast

»Liebe Nachtschwärmer und Nachtschwärmerinnen, willkommen zu einer neuen Folge von »Ivy Diary« – dem Podcast, der direkt von einer der berühmtesten Unis der Staaten zu euch nach Hause kommt.

Heute will ich über was ganz Bestimmtes mit euch sprechen, denn morgen ist für mich ein besonderer Tag: Meine Freundin und ich feiern Jubiläum, und zwar zweimonatiges.

Zwei Monate sind etwas Besonderes, findet ihr nicht? Man ist über die ersten paar Dates hinaus, man hat längst festgestellt, dass was Großes daraus werden könnte.

Wenn ich ehrlich bin, haben meine Freundin und ich das glaube ich schon an unserem ersten Abend gespürt, und von dem will ich euch jetzt erzählen.

Eigentlich kennen sie und ich uns schon seit einer Ewigkeit. Wir gehen auf dieselbe Uni und sind uns immer mal wieder über den Weg gelaufen. Viel geredet haben wir aber nie, und dafür gibt es einen einfachen Grund: Ich bin ein Nerd.

Nein, eigentlich bin ich *der Inbegriff* von einem Nerd. Ich bin der Beste in Informatik, ich habe meinen ersten Roboter gebaut, als andere Jungs noch auf Miley-Cyrus-Poster sabberten. Ich bin unsportlich bis zur Schmerzgrenze und darüber hinaus und würde dafür sterben, dass Spiderman im Marvel Universe bleibt.

Und meine Freundin?

Sie ist, ganz ohne Übertreibung, der Inbegriff von Perfektion, und das sehe nicht nur ich so.

Da sind die Dinge, die man auf den ersten Blick erkennt: Sie ist eine wunderschöne Cheerleaderin und ihre Beine sind länger als eine ausgewachsene Tigerpython. Sie ist aber längst nicht nur äußerlich der Hammer.

Als wir einander auf dem Sommerball unserer Uni vorgestellt wurden, trug sie nicht einfach ein Kleid, sondern sie war verkleidet als Titania, die Elfenkönigin. Ich hatte einen Anzug voller Avengers-Motive an. Dass wir aus zwei verschiedenen Welten stammten, war so offensichtlich, als würde man Daenerys Targaryen mit Chewbacca bekannt machen. Ich war hin und weg.

Sie dagegen war hungrig.

Das war so ungefähr das Erste, was sie zu mir sagte, kaum dass wir allein waren.

Hey, hast du auch so einen Hunger?

Also versprach ich ihr, sie nach dem Ball zum besten Ramen-Shop der Stadt zu bringen. Wir liefen übers Unigelände, redeten über Gott und die Welt und ich erfuhr in der guten halben Stunde, die wir unterwegs waren, mehr als genug über sie, um mich auf der Stelle in sie zu verlieben.

Sie kennt abgedrehte Mangas wie *Great Teacher Onizuka*.

Sie zockt Fortnite – auch wenn sie mir ihren Spielernamen nicht verraten will, weil sie ihn bescheuert findet.

Ihr ist immer kalt, aber vor allem, wenn sie nervös ist. Und das war das Heftigste an der ganzen Sache.

Sie war nervös. Wegen mir. Das ist ungefähr so, als wäre Wonder Woman aufgeregt, weil sie ... Okay, Schluss mit den albernen Vergleichen. Ihr wisst schon, was ich meine.

Jedenfalls reichte dieser eine Abend, um mich in sie zu verlieben. Nicht, weil sie in ihrem Herzen genauso ein Geek ist wie ich. Sondern, weil sie eben sie ist.

Weil sie laut spricht, aber leise lacht, irgendwie so, als würde ihr Lachen nur mir gehören. Weil sie sich den Lippenstift abwischt, bevor sie anfängt zu essen – ist so ein Tick von ihr. Weil sie die miesesten Selfies macht, mir aber trotzdem dauernd welche schickt. Ich könnte jetzt hundert Dinge aufzählen, aber ...

Ihr wollt bestimmt lieber wissen, wie unser erster gemeinsamer Abend ausging.

Wir waren in dem Restaurant und schon umringt von wütenden Kellnern. Ihr wisst, wie das in guten Ramen-Läden ist, man soll schnell essen und den Platz für die nächsten Gäste freimachen. Ich glaube, es hat nicht mehr viel gefehlt und sie hätten uns mit unseren Suppenschüsseln nach draußen geprügelt.

Schließlich gingen wir freiwillig, und das war gar nicht so schlimm, denn vor dem Laden spielte ein Straßenmusiker.

Das ist noch was, das wir beide gemeinsam haben: Sie liebt Musik. Ich mache Musik. Würde man von mir wahrscheinlich nicht erwarten, wenn man mich sieht. In Wahrheit bin ich aber ganz gut darin, weil ich als Kind zwar keinen Computer hatte, dafür aber eine Gitarre.

Jedenfalls sagte ich ihr, sie soll die Augen zu machen und ging rüber zu dem Straßenmusiker.

Ich glaube, sie dachte, ich will mir einfach nur ein Lied für sie wünschen … und umso überraschter war sie, als es ganz anders kam. Ich sang ihr Lieblingslied für sie, das sie mir schon in dem Ramen-Laden verraten hatte. Ich werde nie vergessen, wie sie …

Sie drehte sich um, ganz langsam, und machte die Augen auf. In dem Moment kam es mir vor, als würde sie sich in Zeitlupe bewegen. Nur sie – die Menschen, die vorbei gingen, nicht.

Ihr Haar wehte im Wind, sie sah mich an und mir wurde eins klar. Sie ist keine Frau, der man ihr Lieblingslied vorsingen sollte.

Sie ist eine Frau, die es verdient, dass man ihr Lieder schreibt.

Diese Art von Frau ist sie. Diese Art von Liebe ist das.

Na ja, und darum habe ich genau das getan. Ich habe einen Song für sie geschrieben und morgen Abend – zu unserem Zweimonatigen – werde ich ihn ihr vorspielen. Dann hoffe ich, dass aus zwei Monaten zwei Jahre werden. Zwanzig Jahre. Zweihundert, wenn wir das irgendwie hinkriegen ... ihr wisst schon, was ich meine, oder?

Wie auch immer, bevor ich hier noch anfange, euch unsere imaginären Enkelkinder zu beschreiben – was ich eigentlich fragen will, ist:

Wollt ihr ihn schon mal hören?«

KAPITEL 1

ABIGAIL

Ich liebe den Herbst in Berkeley.

Eigentlich.

Normalerweise mag ich es, dass sich die Blätter an den Bäumen langsam verfärben, bis sie zu Boden fallen und ich sehe mir auch gerne an, wie sie von Windböen über den Campus unserer Uni getrieben werden. Ich liebe es, wie das Laub raschelt, wenn ich darüber laufe und wie sich nach und nach diese Gemütlichkeit einstellt – nach einem langen, heißen und trägen Sommer.

Eigentlich.

Heute jedoch habe ich kein Auge für die bunten Blätter, die über den Campus wehen und meine Füße umspielen wie Hundewelpen. Heute hat der Gedanke an den Herbst und an den kommenden Winter etwas Bedrückendes an sich. Etwas Ungewisses.

Ich weiß, woran das liegt. An meiner Angst vor der Zukunft. An der Angst, alles zu verlieren, was ich mir in den letzten Monaten aufgebaut habe.

Und das lähmt mich.

Nach gestern Abend fiel es mir unglaublich schwer, heute Morgen aus dem Bett zu kommen. Es hat mich eine Menge Überwindung gekostet, in den Spiegel zu sehen und mich herzurichten, damit keiner sieht, dass etwas nicht mit mir stimmt. Am liebsten wäre ich zuhause geblieben, aber das wäre zu auffällig gewesen.

Also bin ich hier, schlendere über den Vorplatz auf das Uni-Gebäude zu, als wäre alles wie immer. Da mein erster Kurs heute ausgefallen ist, bin ich praktisch allein auf dem Gelände. Alle sitzen bereits in ihren Hörsälen, nur ein paar Verirrte laufen zwischen den alten Häusern herum, als hätten sie plötzlich die Orientierung verloren.

»Auf genau Sie habe ich gewartet! Herzlichen Glückwunsch, Sie habe das Glück, heute Abend mit dem angesagtesten Nerd der UC –«

Oh nein.

Ich sehe auf, erblicke Malcolm, meinen Freund, der lässig neben der Tür des Hauptgebäudes lehnt und folge einem ziemlich dämlichen Impuls, indem ich einfach auf der Stelle kehrt mache.

»Abby?« Malcolms Tonfall schlägt von einer Sekunde auf die andere um. Aus Vorfreude wird Besorgnis.

Ich höre am Rascheln der Blätter, dass er mir folgt.

Was jetzt?

Ich kann nicht einfach weglaufen, wie würde das denn aussehen?

Also drehe ich mich um und setze mein strahlendstes Lächeln auf. »Malcolm!«

Malcolms Gesicht hellt sich ebenfalls auf und er ist mit wenigen Schritten bei mir. Er umarmt mich, wobei er eine Hand hinter dem Rücken versteckt hält und gibt mir einen Kuss.

»Ich dachte schon, du ergreifst extra die Flucht.« Er lächelt, dann lässt er mich los.

Ich kann gar nicht sagen, was dieses Lächeln in mir auslöst. Mir wird mit einem Mal ganz warm ums Herz und ich habe für einen kurzen Augenblick das Gefühl, dass doch alles gut werden kann.

»Nein, ich äh ... ähm ... habe etwas vergessen.« Mein Gestammel scheint Malcolm nicht weiter aufzufallen, wahrscheinlich, weil er mich so kennengelernt hat.

Damals, auf dem Sommerball, habe ich kaum ein Wort herausbekommen, weil ich einfach so unglaublich nervös war, dass er mit mir geredet hat. Auch jetzt macht mich die Tatsache, dass wir ein Paar sind, zwischendurch immer mal wieder sprachlos, aber heute hat es einen besonderen Grund, dass ich nicht mit ihm reden kann.

Malcolm zieht seine Hand hinter dem Rücken hervor und hält mir eine violette Rose hin. Sie ist wunderschön und hat genau meine Lieblingsfarbe, trotzdem zögere ich, sie an mich zu nehmen.

»Alles Gute zum Zweimonatigen.«

Unser Zweimonatiges!

Himmel, wie konnte ich das vergessen?

»Danke schön«, murmle ich und nehme die Rose. Sie ist dunkellila und duftet, als hätte Malcolm sie mit meinem Lieblingsparfüm eingesprüht.

»Ist alles okay?« Malcolm sieht mich an und ich schaffe es nicht, ihm in die Augen zu sehen.

Stattdessen blicke ich auf seine Brust. Er trägt ein Shirt mit einer mathematischen Formel und einem zwinkernden Emoji darauf – sicher irgendein Witz, den nur Superhirne wie er kapieren. Mir gefällt, dass er so klug ist. Das war von Anfang an so.

»Ja, es ist nur … Ich habe kein Geschenk für dich. In dem ganzen Stress habe ich es total vergessen.«

Na ja, eine Überraschung hätte ich schon für ihn, aber ich bezweifle, dass die ihn besonders freuen würde, also verrate ich sie ihm lieber nicht.

Malcolm lacht und klingt dabei ziemlich erleichtert. »Und deswegen machst du so ein Gesicht?« Er zieht mich in seine Arme und jetzt kann ich doch nicht mehr anders, als in seine strahlend blauen Augen zu sehen. Sie haben genauso etwas Beruhigendes an sich wie Malcolms Lächeln.

»Du bist mir nicht böse?«, frage ich.

Malcolm schüttelt den Kopf, als wäre das absolut abwegig. »Quatsch, warum denn auch?« Er drückt seine Lippen auf meine Stirn und ich schließe für einen Moment die Augen.

»Hast du heute Abend Zeit? Ich habe eine Überraschung für dich und –«

Nein, nein, nein. Keine Überraschung. Erst recht nicht heute Abend!

»Ich habe Lerngruppe«, unterbreche ich ihn schnell, bevor es mir noch mehr das Herz bricht, ihm eine Abfuhr zu erteilen. Wahrscheinlich sollte ich einfach zusagen und bei unserem Treffen mit ihm reden. Aber ich kann nicht.

Dafür fehlt mir der Mut.

Ich bin viel zu verwirrt und muss erstmal meine eigenen Gedanken sortieren. Und vor allen Dingen muss ich mit Slater sprechen. Er wird wissen, was zu tun ist.

»Du weißt schon, dass ‚Lerngruppe‘ in sämtlichen Filmen immer die Ausrede fürs Fremdgehen ist?«, scherzt Malcolm, aber ich finde den Spruch irgendwie gar nicht so witzig. »Oder dafür, dass man vorhat, ein Verbrechen zu vertuschen?«

»Ähm ...«

Malcolm zwinkert mir zu, dann wird er ernster. »Wie lange geht denn die Lerngruppe? Soll ich dich danach abholen?«

»Lange«, bringe ich hervor. »Viel zu lange.«

Jetzt wird Malcolms Blick skeptisch und ich glaube, dass er langsam anfängt, mich zu durchschauen.

»Ich habe bald Prüfung«, lüge ich. »In Pädagogik.«

»Oh ...« Malcolm fährt sich nachdenklich mit der Hand übers Kinn, dann nickt er. »Mist, das ist blöd.«

Bevor er dazu kommt, irgendwelche Fragen zu stellen, mache ich mich los. »Am Wochenende vielleicht«, sage ich und hebe die Rose demonstrativ ein Stück. »Danke dafür! Bis dann.«

Ich ergreife die Flucht in Richtung Gebäude und komme mir einfach nur mies vor.

Doch was soll ich machen?

Ich kann Malcolm nicht einfach mit der Wahrheit konfrontieren.

Nicht hier zwischen Tür und Angel.

Nicht heute.

MALCOLM

Den ganzen Tag über geht mir Abbys komisches Verhalten nicht aus dem Kopf. So distanziert war sie noch nie. Irgendetwas muss bei ihr vorgefallen sein – nur was?

Während ich auf den Stufen vor dem geisteswissenschaftlichen Trakt auf Kelly warte, versuche ich, mir nicht allzu viele Gedanken zu machen.

Im Endeffekt führt diese ganze Grübelei doch nur dazu, dass man sich unnötig verrückt macht. Irgendwie ist am Ende immer alles nur halb so wild und man sorgt sich vollkommen grundlos. Wahrscheinlich hat Abigail vor lauter Lernstress tatsächlich nur vergessen, dass heute ein besonderer Tag ist und das ist ihr jetzt peinlich.

Sie war schon immer ein bisschen zerstreut und leicht aus der Fassung zu bringen, was ich ziemlich süß finde. Sie sieht aus wie die perfekte Unizicke – ist aber das absolute Gegenteil. Genau das ist so faszinierend an ihr.

Die ersten Studenten kommen aus dem Gebäude und ich stehe auf, um die Treppen freizugeben, damit keiner über mich fällt.

»Hey, Malcolm.« Jenson, einer der Eishockey-Profis, klatscht im Laufen mit mir ab, dann ist er auch schon in der Menge verschwunden, die jetzt aus allen Richtungen über den Campus strömt.

Ich wohne mit ein paar anderen Studenten, die sich die teuren Wohnheime nicht leisten können, unten am Meer in einem verlassenen Haus, bei dem die Stadt einfach vergessen hat, Wasser und Strom abzustellen. Jenson, der eigentlich genau wie Slater und die anderen Stars der Eagles reiche Eltern hat, wohnt neuerdings ebenfalls bei uns. Kaum wurde Chelsea Johnsons Zimmer frei, weil sie zu ihrem Freund Tom gezogen ist, hat er es in Beschlag genommen. Warum, das habe ich noch nicht aus ihm herausbekommen.

Es ist aber auch nicht so wichtig. Er ist ziemlich okay, was die Hauptsache ist.

»Hi, Malcolm.« Ein Mädchen-Trio, das ich aus Informatik kenne, kommt an mir vorbei, gefolgt von einer Gruppe aus Erstsemestern, denen ich mal mit Gras ausgeholfen habe.

Ich habe hier an der UC mehrere Jobs. Ich arbeite im Sekretariat und helfe bei allen möglichen Veranstaltungen aus.

Und ich verticke Gras. Eine große Sache ist das nicht – Kiffen ist in Kalifornien legal. Auf dem Campus jedoch nicht, und deswegen bin ich ziemlich gefragt. Weil ich das Zeug unauffällig rein und an den Mann bringe.

Deswegen kenne ich so ziemlich jeden an der UC. Die Sportler, die Cheerleaderinnen, die Computerfreaks, die Autofreaks, die Kunstfreaks und die ... na ja Freaks, die sich nicht so richtig irgendwo einordnen lassen.

»Ich schwöre dir, hätte Mister Abbott noch eine Minute länger geredet, wäre ich tot vom Stuhl gefallen.« Kelly ist neben mich getreten und ich schaue zu ihr hinüber.

Sie sieht mich so angepisst an, als hätte jemand ihr geliebtes Auto zertrümmert. Unter ihrem zu einem Dutt aufgetürmten schwarzen Haar haben sich ihre Brauen zusammengezogen, ihre roten Lippen sind gekräuselt.

Ich grinse. »So schlimm?«

»Schlimmer.« Kelly geht los und ich folge ihr.

Sie ist meine beste Freundin hier an der Uni. Gleich am ersten Tag, in der Einführungsveranstaltung für

Erstsemester, haben wir uns angefreundet. Sie, die Mexikanerin mit dem Rockabilly-Tick und ich, der rothaarige Nerd.

»Wann ist eure Prüfung in Pädagogik?«, bricht es aus mir heraus, auch wenn ich das eigentlich gar nicht fragen will. Doch irgendwie hängt mir Abbys Verhalten immer noch nach, weil es einfach so komisch war.

»Prüfung?« Kelly sieht zu mir herüber und bläst sich ein paar Haarsträhnen aus der Stirn. »Du meinst die Abschlussprüfung?«

»Nee.« Ich schüttle den Kopf und spüre, dass mein Herz schneller zu schlagen beginnt.

Hat Abby mich etwa angelogen?

»Welche dann?« Kelly kramt in ihrer Umhängetasche und holt eine Plastikdose heraus. Ich weiß genau, was jetzt kommt. »Tacos?«

Ich werfe einen Blick in die Dose, in der sich mehrere Tacos mit Schokolade stapeln. Nervennahrung, perfekt.

»Danke.« Ich nehme mir einen heraus und sehe Kelly an. »Abby muss heute für irgendeine Prüfung lernen.«

Kelly sieht mich an und kneift die dunklen Brauen ein Stück zusammen. »Vielleicht für Sport.« Sie zuckt mit den Schultern und schnappt sich ebenfalls einen süßen Taco.

Ich nicke, auch wenn Abby erst letzte Woche eine Sportprüfung hatte und gesagt hat, dass sie für Pädagogik lernen muss.

»Ja, kann sein.« Ich kaue an meinem Taco herum und verstehe immer weniger, was hier vor sich geht.

Kelly sagt nichts dazu, sondern stopft sich den Mund voll und starrt dabei gebannt nach vorne. Ich kenne sie gut genug, um zu wissen, was das zu bedeuten hat.

»Kelly? Willst du mir irgendwas sagen?«

»Nö«, nuschelt Kelly. »Wiescho?«

Ich lasse meinen Taco sinken und bleibe stehen. »Kelly.«

»Scheiße, ja, gut, okay«, platzt es aus Kelly heraus und sie bleibt ebenfalls stehen. »Ich habe gesehen, wie Abigail vorhin zu Slater Thorn ins Auto gestiegen ist.« Sie pikst mir mit dem Finger vor die Brust. »Aber das hast du nicht von mir!«

Jetzt kapiere ich überhaupt nichts mehr.

Wieso sollte Abby mir erzählen, dass sie an unserem Zweimonatigen lernen muss, um sich dann mit Slater zu treffen?

»Mit ...«

»Slater.« Kelly nickt energisch. »Ich sag es immer wieder: Man sollte sich nicht auf die Jocks einlassen.« Sie zuckt mit den Schultern. »Dazu zählen auch die Cheerleaderinnen!«

»Willst du damit etwa sagen ...«, beginne ich, spreche aber nicht zu Ende, weil ich nicht weiß, was ich eigentlich sagen will.

»Würde dich das wundern?« Kellys Tonfall ist eine Spur sanfter geworden, was kein gutes Zeichen ist. Wenn sie schon ihre Mitleidsstimme rauskramt, sitze ich vermutlich ziemlich in der Scheiße.

»Ich verstehe eigentlich gar nicht ... Oder irgendwie schon, aber ...« Der Taco rutscht mir aus der Hand und fällt auf den Boden.

»Die beiden hatten mal was miteinander, das weißt du doch, oder?«

Was?

Nein, das wusste ich ganz sicher nicht!

Bis ich Abby kannte, habe ich es wie Kelly gemacht und mich von den Jocks – so werden männliche Sportler genannt, die sexuell erfolgreich sind, aber Gehirne in Erbsengröße haben – ferngehalten.

»Wann war das?«, frage ich und fühle mich wie damals im Sportunterricht, als ich einen Fußball mitten ins Gesicht bekommen habe. Ich bin vollkommen überrumpelt und schaffe es einfach nicht, Kellys Worte wirklich zu begreifen.

»Kurz, bevor ihr zusammengekommen seid. Und er mit Mia.«

Stimmt! Für einen kurzen Moment habe ich total vergessen, dass Slater ebenfalls vergeben ist.

Ich bin erleichtert, denn Abby und Slater werden doch wohl nicht beide fremdgehen. Das wäre schon ein komischer Zufall und ich schätze eigentlich weder sie noch ihn als untreu ein.

Doch ein kleiner Restzweifel bleibt.

Was sollen die beiden sonst miteinander zu schaffen haben?

Und warum sollte Abby mich wegen eines harmlosen Treffens anlügen?

ABIGAIL

Slater ist ein geduldiger Zuhörer und das rechne ich ihm hoch an. Er sitzt lässig in einem Sessel, unterbricht mich nicht und sein Blick verrät mir, dass er ernsthaft abwägt, wie er an Malcolms Stelle reagieren würde.

Ich sitze auf dem Sofa, habe meine Tasche auf dem Schoß liegen und presse sie an mich, als könne sie mich vor irgendetwas schützen. »Und jetzt weiß ich einfach nicht, ob und wie ich es ihm sagen soll«, ende ich.

Ich sehe kurz zu Slater hinüber, dann lasse ich meinen Blick langsam durch das große Wohnzimmer der Thorn-Villa wandern.

Slater sagt noch immer nichts, sondern scheint in Ruhe nachzudenken und ich spüre, wie ich immer nervöser werde.

»Ich …« Ich räuspere mich und setze neu an, weil ich Slaters Schweigen nicht mehr länger aushalte. »Ich wollte zuerst mit dir reden. Weil du ein Mann bist und dich am besten in Malcolm reinversetzen kannst.« Wieder sehe ich zu Slater.

Slater erwidert meinen Blick jetzt aus seinen eisblauen Augen und sieht nicht halb so hoffnungslos aus, wie ich mich fühle. Er lächelt sogar etwas, was mich vollends irritiert.

»Wenn es um Mia und mich gehen würde, dann würde ich es definitiv wissen wollen«, beginnt er endlich. »Natürlich wäre es im ersten Moment ein ziemlicher Schock, aber wenn ihr einander liebt, dann wird eure Beziehung es überstehen.«

Ich senke den Blick und spiele am Henkel meiner Tasche herum, die neben mir auf dem Sofa liegt.

Aus Slaters Mund klingt die Lösung so einfach. Für mich beinhaltet sie jedoch unendlich viele Hürden.

»Was ist, wenn ich es ihm nicht sage?«, frage ich vorsichtig. Dazu tendiere ich im Augenblick, auch wenn es feige ist. Ich habe einfach so große Angst, dass er mich verlässt, wenn er es erfährt ...

Ich höre Slater durchatmen, dann rascheln seine Klamotten, als er seine Position im Sessel verändert. »Die Entscheidung liegt letztendlich bei dir. Du kannst es ihm verheimlichen und hoffen, dass er niemals etwas merkt. Aber willst du meine Meinung dazu hören?«

Deshalb bin ich hier, also nicke ich und sehe Slater wieder an, der sich in seinem Sessel zu mir vorgebeugt hat.

»Das schlechte Gewissen wird dich zerfressen und irgendwann beichtest du es ihm sowieso. Aber das ist dann viel schlimmer, als wenn du es ihm sofort gesagt hättest.«

»Warum?«, frage ich, auch wenn ich die Antwort bereits ahne.

»Weil du ihn dann vorher ausgeschlossen hast. Du hast ihm nicht die Wahl gelassen, sondern über seinen Kopf hinweg entschieden. Das wird ihm zeigen, dass du kein Vertrauen in ihn oder eure Beziehung hast. Du verletzt ihn damit nur unnötig. Und dich auch, weil du dann ganz allein mit allem fertig werden musst.«

Ich schlucke. So weit habe ich noch gar nicht gedacht. Insgeheim habe ich gehofft, dass ich die Sache einfach totschweigen kann und in zwei, drei Monaten wieder alles beim Alten ist. Doch Slater hat recht. Da habe ich die Rechnung wohl ohne mein Gewissen gemacht, das sich ja bereits lautstark meldet, wenn ich nur eine Notlüge benutzt habe.

»So ein Mist«, seufze ich, auch wenn das nicht im Ansatz das Gefühlschaos beschreibt, das in mir herrscht. Slater steht auf und setzt sich neben mich. Dann greift er nach meiner Hand. Diese Geste fühlt sich seltsam an, ein bisschen zu vertraut. Obwohl es eine Zeit gab, in der ich regelmäßig mit Slay geschlafen habe, waren wir beide nie mehr als gute Freunde. Doch auch wenn wir befreundet sind, haben wir einander nicht einmal mehr auf freundschaftliche Art berührt, seit Mia Slaters Freundin ist und ich mit Malcolm zusammen bin.

Slater scheint es auch zu spüren, denn er lässt meine Hand los und fährt sich nachdenklich mit beiden Händen durchs Gesicht.

»Eigentlich nicht. Du musst es nur erstmal verarbeiten. Nimm dir dafür ein bisschen Zeit und dann rede mit ihm. Triff keine übereilten Entscheidungen und vor allen Dingen tu nichts, was sich später nicht mehr rückgängig machen lässt. Du hast genug Zeit, um über alles nachzudenken.«

»Wie soll ich mich bis dahin Malcolm gegenüber verhalten? Ich kann ihm schon jetzt nicht mehr in die Augen sehen.«

»Kannst du ihm nicht erstmal aus dem Weg gehen? Das ist nicht ideal, aber wenn du jetzt noch nicht mit ihm reden willst, ist das wahrscheinlich die beste Lösung, bevor du ihm noch mehr Lügen auftischen musst.«

Ich denke einen Moment darüber nach. Morgen ist Mittwoch und da habe ich immer bis abends Training. Weil das Cheerleading ziemlich anstrengend ist, sehen Malcolm und ich uns danach meistens nicht. So hätte ich zumindest noch vierundzwanzig Stunden Aufschub, die vielleicht sogar reichen, um Mut zu sammeln.

»Ich denke, so mache ich es«, sage ich schweren Herzens.

Slater nickt und sieht mich eindringlich an. »Aber rede wirklich mit ihm, wenn du so weit bist und entscheide nichts ohne ihn, hörst du? Es wird leichter, wenn ihr beide das Ganze zusammen durchsteht. Ich kenne Malcolm zwar nicht sehr gut, aber immerhin gut genug, um zu wissen, dass er dich in so einer Situation niemals hängen lassen würde.«

Ich beiße mir auf die Unterlippe und widme mich wieder dem Henkel meiner Tasche.

Eigentlich befürchte ich das auch nicht. Malcolm ist niemand, der sich abwendet, wenn es mal kritisch wird.

Kritisch. Ist es das wirklich?

Ja, leider schon. Ich bin erst seit zwei Monaten mit Malcolm zusammen und ich möchte nicht, dass irgendwer ein falsches Bild von unserer Liebe kriegt. Oder, besser gesagt, von mir.

Insgeheim glaube ich allerdings, dass ich noch viel größere Angst davor habe, dass es real wird, wenn ich es ihm erzähle.

Mit jeder Person, die davon erfährt, wird es ein Stückchen echter und schwerer, umzukehren.

Malcolm hat jedoch ein Recht darauf, es zu erfahren, da stimme ich Slater zu.

»Okay«, sage ich gedehnt. Dann spreche ich zum ersten Mal das aus, was ich Slater gegenüber gerade noch umschrieben habe wie ein verklemmtes Kind. »Du hast Recht. Ich werde ihm sagen, dass ich von ihm schwanger bin.«

MALCOLM

Abby und ich haben Ortungs-Apps auf unseren Handys. Nachdem an unserer Uni K.o.-Tropfen herumgegangen sind, hatte Abigail Angst, dass ihr auch mal jemand etwas ins Getränk tun und sie verschleppen könnte.

Sie hat sich erst sicherer gefühlt, nachdem ich im Informatikkurs ein einfaches Ortungs-Tool nur für uns beide programmiert und es auf unseren Telefonen installiert habe.

Bisher habe ich es noch nie benutzt, da ich Abby eigentlich blind vertraue und es bislang keinen Grund zur Sorge gab. Doch Kellys Worte haben mich nachdenklich gestimmt. Mehr als das.

Warum sollte Abby mich anlügen, wenn sie nicht vorhat, mit Slater herumzuvögeln? Was sollte es sonst geben, das sie mir nicht einfach sagen kann?

Ich kam mir schlecht vor, als ich die App gestartet und Abbys Standort abgefragt habe. Dann wurde mir schlecht und ich habe erstmal hinter den Sather Tower, das Wahrzeichen unserer Uni, gekotzt.

Und nun? Tja, nun bin ich hier – oben in den Uplands, wo Slater Thorn in seiner superschicken Villa wohnt – und liege auf der Lauer wie ein perverser Spanner.

Abby hat das Haus noch nicht verlassen und ich würde am liebsten einfach klingeln.

Leider bin ich so nicht.

Ich bringe es nicht über mich, zu Slaters Villa hinüberzugehen und Abby und ihn zur Rede zu stellen. Das ist feige und bescheuert, aber ich habe einfach zu große Angst davor, dass ich recht haben könnte mit meiner Vermutung. Dass ich die beiden in flagranti erwische. Solange ich es nicht sicher weiß, kann ich mir weiter einreden, dass alles einen ganz harmlosen Grund hat.

Während ich zwischen zwei gestutzten Hecken auf dem gegenüberliegenden Nachbargrundstück hocke, schwitze und zittere ich wie ein Irrer.

Mein Herz rast und mit jeder Minute, die Abigail länger in Slaters Haus ist, wird mir noch schlechter.

Dann, als ich glaube, es gleich nicht mehr aushalten zu können, verlässt Abby endlich das Grundstück.

Sie sieht zerstreut aus und weniger euphorisch, als ich es nach dem Sex-Marathon mit Slater erwartet hätte.

Scheiße, was denke ich denn da?

Ich habe keinerlei Beweise dafür, dass zwischen den beiden etwas gelaufen ist und muss aufhören, mich verrückt zu machen. Auch wenn alles danach aussieht – trotzdem. Ich kann nicht einfach davon ausgehen, dass die beiden miteinander im Bett waren.

»Hör auf, so einen Quatsch zu denken«, zische ich mir selber zu und unterbreche somit das Gedankenkarussell, das ja doch nicht zu einem zufriedenstellenden Ergebnis kommen wird.

Abigail dreht den Kopf in meine Richtung und ich ducke mich blitzschnell. Das wäre es ja noch, wenn sie mich hier erwischt!

Wie soll ich ihr erklären, dass ich ihr hinterherspioniere?

Doch Abby kommt nicht zu mir herüber. Ich habe noch einmal Glück gehabt.

Nach wenigen Sekunden höre ich, wie sich ein Auto nähert und hebe den Kopf wieder ein Stück. Abby hat sich ein Taxi gerufen und steigt gerade ein.

Irgendwie bin ich erleichtert, dass ich noch etwas Aufschub bekommen habe und sie nicht gleich auf die Sache mit Slater ansprechen muss.

Was das angeht, bin ich ein echter Feigling. Wenn ich eins nicht möchte, dann ist es, Abigail zu verlieren, doch wenn sie mir beichten würde, dass sie mich betrogen hat, müsste ich sie zwangsläufig verlassen. Ich glaube aber, das könnte ich nicht. Dafür liebe ich sie viel zu sehr, selbst nach zwei Monaten schon. Wahrscheinlich würde ich ihr alles vergeben ...

Viel wahrscheinlicher ist es jedoch, dass es für ihren Besuch bei Slater eine ganz harmlose Erklärung gibt. Und da wäre es bescheuert, wenn sie mich hier lauernd erwischt. Sie würde sofort den Eindruck bekommen, dass ich ihr nicht vertraue, und das ist Gift für eine Beziehung.

Ich beschließe, gleich morgen mit ihr zu reden, wenn wir uns offiziell wiedersehen.

Als sich das Taxi mit ihr entfernt, stehe ich langsam auf und blicke ihr deprimiert nach. Dann sehe ich hinüber zu Slaters Mega-Villa.

Es wäre kein Wunder, wenn sie noch immer auf ihn abfahren würde. Er ist reich, gutaussehend und sportlich.

Ich bin genau genommen gar nichts davon.

Jetzt fällt mir der Vergleich ein, nach dem ich gestern Abend in meinem Podcast gesucht habe – Abigail und ich sind wie die Schöne und das Biest.

Als ich unser Haus am Strand erreiche, ist es bereits dunkel. Ich bin den ganzen Weg von den Uplands hier herunter gelaufen und habe nachgedacht. Über Abby und mich. Über Typen wie Slater Thorn und Kerle wie mich.

Wir werden nie auf demselben Level spielen, aber bisher habe ich auch immer gedacht, dass das gar nicht nötig wäre. Heute Nachmittag sind mir zum ersten Mal Zweifel daran gekommen. Vielleicht bin ich für Abigail nur eine willkommene Abwechslung von all den schönen Sportlern, die sie normalerweise umringen. Möglicherweise meint sie es nicht halb so ernst mit mir wie ich mit ihr.

Es ist logisch, auch wenn ich irgendwie das Gefühl habe, es insgeheim besser zu wissen. Abby ist nicht so. Nach außen hin sieht sie wie die perfekte, oberflächliche Cheerleaderin aus.

Doch wenn man sie erst besser kennenlernt, merkt man, dass hinter ihrer Fassade eigentlich was ganz anderes steckt. Sie hat mir in einem sehr intimen Moment einmal erzählt, das ein Leben mit ihrem Aussehen manchmal ziemlich hart ist – so verrückt das klingt. Weil die Leute ihr gegenüber Vorurteile haben, sie in eine Schublade stecken und sie sich hin und wieder selbst dabei ertappt, wie sie versucht, dem Klischee der beliebten Cheerleader-Chefin gerecht zu werden.

Ob die Sache mit Slater damals ein weiterer Versuch in diese Richtung war?

Ich betrete das Haus und eine ungewohnte Wärme schlägt mir entgegen.

Aus dem Wohnzimmer höre ich Playstation-Geräusche und denke für einen Moment, dass Abby hier ist.

Dass sie Fortnite zockt und nur auf mich wartet. Als ich näherkomme, höre ich jedoch die verzerrten Klänge von Eye of the Tiger und als ich eintrete, sehe ich Jenson auf der Couch sitzen.

Er trägt nur Boxershorts und ich ertappe mich dabei, wie ich einen Moment auf seine Arme starre. Auf die Muskeln, die unter seiner Haut hervortreten, wenn er den Controller bedient. Auf seinen Oberkörper, der selbst im Sitzen noch beeindruckend und muskulös aussieht.

Ich betaste meinen Bauch unter dem Shirt. Ein paar Muskeln würden mir vermutlich auch nicht schaden.

»Verfluchter Dreck!« Jenson feuert den Controller neben sich aufs Sofa.

Auf dem Fernseher erscheint in fetten Buchstaben GAME OVER.

»Wieso ist es so heiß hier drinnen?«, frage ich und spüre, wie mein Shirt bereits anfängt, an meinem Körper zu kleben.

Jenson sieht auf und wirkt einen Moment überrascht. Anscheinend hat er mich gar nicht bemerkt.

»Heizung kaputt«, sagt er schulterzuckend. »Irgendwer hat sie aufgedreht und jetzt kann man sie im ganzen Haus nicht mehr abstellen.«

»Wir könnten ein paar Dracheneier ausbrüten.«

Jenson sieht mich mit gerunzelter Stirn an und ich winke ab.

»Was spielst du da?« Ich deute mit dem Kinn auf die Playstation.

»Rayman Legends.«

Jetzt bin ich derjenige, der die Stirn runzelt. »Ein Jump'n'Run und dabei verkackst du so krass?« Ich setze mich zu Jenson auf die Couch und nehme den Controller an mich.

»Sieht so aus.« Jenson zuckt mit den Schultern. »Kriegst du das hin?«

»Klar.« Ich starte das Level neu. »Ich bin praktisch der zweite Luigi.«

»Wer?«

Ich sehe Jenson an, als würde er mich verarschen wollen, aber ich erkenne in seinem Blick, dass er wirklich überhaupt keine Ahnung vom Zocken hat. Er kennt noch nicht einmal den Bruder von Super Mario.

»Vergiss es«, sage ich daher nur und beginne damit, Rayman durch das Level zu steuern. Es ist ein Musiklevel, bei dem man im richtigen Takt abspringen muss. Am Ende kommt dabei der komplette Eye-of-the-Tiger-Song heraus.

Easy.

Doch Jenson scheint daran zu verzweifeln. Aus dem Augenwinkel sehe ich, wie er mir staunend zusieht. »Hast du das schon oft gespielt?«

»Nee.« Ich sehe ihn kurz an. »Noch nie.«

»Du verarschst mich!«

Ich weiß nicht, wer hier wen verarscht. Jenson tut ja gerade so, als würde ich einhändig den Mount Everest besteigen.

»Tu ich nicht.«

»Wahnsinn.«

Ich spiele das Level zu Ende und gebe Jenson den Controller zurück.

»Danke, Mann.« Jenson sieht mich immer noch so ehrfürchtig an, dass es schon wieder lustig ist.

Zuerst will ich aufstehen, um nach oben in mein Zimmer zu gehen. Dann überlege ich es mir anders.

»Sag mal ...«

»Was denn?« Jenson ist dabei, sich durchs nächste Level zu kämpfen. Er stellt sich dabei so ungeschickt an, dass ich mir das Lachen verkneifen muss. Ich will ihn ja schließlich nicht demotivieren.

»Abby und Slater – die beiden hatten mal was miteinander, oder?«, frage ich, so beiläufig ich kann. Ich will auf keinen Fall, dass er Abby erzählt, ich wäre eifersüchtig oder so.

Jenson nickt. »Alle dachten, die beiden wären jetzt das Traumpaar schlechthin. Du weißt schon, die Cheerleaderin und der Eishockey-Verteidiger. Ist ja fast so wie die Cheerleaderin und der Quarterback.«

Ja. Die beiden passen so perfekt zusammen, dass es weh tut.

»Ich hätte nicht gedacht, dass Abigail auf Sportler steht.«

Jenson sieht mich jetzt wieder an, wobei er Rayman ins Verderben laufen lässt. »Scheiße, schon wieder!« Er feuert den Controller erneut zur Seite und wendet sich mir zu. »Mal ehrlich, welche Frau steht nicht auf Sportler?« Sofort scheint er zu bemerken, dass seine Worte nicht sonderlich feinfühlig sind. »Ich meine ...«

»Schon gut.« Ich winke ab.

»Nein, Mann. Abby scheint dich echt zu lieben. Ich wollte nur sagen ...« Was er eigentlich sagen wollte, vervollständigt er nicht.

Im Endeffekt wissen wir es ja beide.

»Ich geh pennen«, sage ich und stehe auf.

»Malcolm, ich wollte dich nicht beleidigen oder so!«

»Hast du nicht. Gute Nacht.« Damit gehe ich nach oben und frage mich, ob er recht hat.

Stehen wirklich alle Frauen auf Sportler?

MALCOLM

Folge 110
The Ivy Diary
Podcast

»Liebe Freaks, Nerds, Cracks, Jocks und wer mir da draußen noch alles zuhört, willkommen zu einer neuen Folge vom Ivy Diary – dem Podcast von einer der berühmtesten Unis der Vereinigten Staaten.

Wahrscheinlich wundert ihr euch, dass ihr schon wieder von mir hört und ich den Abend nicht romantisch mit meiner Freundin verbringe. Leider ist was dazwischen gekommen, deshalb bin ich jetzt wieder für euch da.

Heute geht es um Klischees, um Anziehungskraft und Liebe auf den ersten Blick. Ich würde gerne eure Meinung dazu hören.

An jeder Uni gibt es sie: Die beliebten Sportler, die hübschen Mädchen, mit denen jeder ausgehen will, die freiwilligen Außenseiter und die unfreiwilligen. Irgendwie bleiben diese Studentengruppen meistens unter sich. Die Nerds suchen sich ihre Freundinnen im Informatikkurs, die Sportler daten die Cheerleaderinnen und die Gothics ... Na ja, die scheinen auf den richtigen Vampir zu warten.

Meine Freundin und ich sind da offenbar die absolute Ausnahme.

Warum ist das eigentlich so?

Habt ihr Angst, euch einen Partner zu suchen, von dem die anderen sagen könnten, dass er unter eurem Niveau ist? Oder vielleicht über euch steht?

Und woran macht ihr das fest?

Warum ist der Quarterback automatisch eine Zehn, obwohl er nicht einmal seinen Namen buchstabieren kann?

Warum ist das Mädchen aus der Technik-AG nur eine Fünf?

Weil sie eine Brille trägt und keinen rosafarbenen Minirock?

Und was noch viel wichtiger ist: Wer legt diese Skalen eigentlich fest? Der Quarterback mit dem Ameisenhirn? Die Schönheitskönigin? Haben normale Studenten eigentlich eine Chance, von den angesagten Leuten anerkannt zu werden?

Verratet mir doch mal, wie ihr die Sache seht.

Ziehen sich Gegensätze an? Oder gilt für euch eher der Grundsatz: Gleich und gleich gesellt sich gern?

Ich bin gespannt auf eure Kommentare!«

KAPITEL 2

MALCOLM

Wenn ich könnte, würde ich die ganzen Cheerleaderinnen knallen. Aber ich bin nur 1,70m und habe einen Einser-Schnitt. Die würden mich mit faulen Eiern bewerfen, wenn ich mich ihnen nur nähere ...

Die Sportler sind auch an unserer Uni die tollsten Typen!!! Ich liebe sie alle!

Ich stehe auf den Quarterback unserer Highschool Mannschaft – so wie wahrscheinlich jedes Mädchen. Doch ich gehöre zu den – wie du es genannt hast – unfreiwilligen Außenseitern und habe daher keine Chance bei ihm.

Auch wenn ich gerne schwarz trage und EBM und Batcave höre, warte ich ganz sicher auf keinen Vampir! Ich stehe auf den Star unseres Schwimmteams <3 <3 <3

Die Gruppe ist mir total egal, Hauptsache der Body stimmt :-p

Ich denke, dass der Charakter zählt und nichts anderes. Aber natürlich entscheidet der erste Eindruck darüber, wen wir überhaupt erst an uns heranlassen.

Jeder muss an sich arbeiten. An seinem Charakter und seinem Körper, egal ob er in einer Beziehung ist oder nicht. Wenn man mit sich selbst im Reinen ist, stimmt auch der äußere Eindruck und man geht viel positiver durchs Leben! Das merkt auch das andere Geschlecht.

Slater Thorn, ich liebe dich!!!

Ich beneide dich um deinen Mut, mit einer Cheerleaderin zusammen zu sein. Da gehören Eier zu, die ich nicht habe! Behalte sie, solange es geht und genieß die Zeit.

Ich klicke die Kommentare weg und stehe vom PC auf. Mir die Meinungen meiner Zuhörer durchzulesen, bringt mich zu einem eindeutigen Ergebnis – leider.

Alle stehen auf Sportler, auf tolle Körper und einen perfekten ersten Eindruck. Sogar die Freaks, die EBM und Batcave mögen.

Ich beneide dich um den Mut, mit einer Cheerleaderin zusammen zu sein. Behalte sie, solange es geht.

Das klingt, als wäre Abby ein geliehener Sportwagen oder eine versehentliche Millionen-Überweisung auf mein Konto. Etwas, das mir nicht zusteht. So habe ich das nie gesehen. Jetzt jedoch spüre ich, dass mich diese Sichtweise nicht kalt lässt. Dass ich mich zu fragen beginne, ob ich mir bisher zu wenig Gedanken gemacht habe – darüber, ob wir wirklich in derselben Liga spielen. Dabei will ich mich wegen sowas nicht verrückt machen. So bin ich eigentlich nicht. Seit ich ein Kind war, schienen für mich stets andere Maßstäbe zu gelten als für alle anderen und ich glaube, das war der Grund, aus dem ich irgendwann aufgehört habe, mich mit ihnen zu vergleichen. Ich war eben ich und auch wenn ich stets irgendwie wusste, dass ich ein Freak bin, war das nie ein Problem.

Jetzt allerdings sieht die Sache ein bisschen anders aus – weil die Frau, in die ich verliebt bin, eben nicht so ist wie ich.

Oder, besser gesagt, weil ich nicht bin wie sie.

Ich mache ein paar ziellose Schritte durchs Zimmer und ziehe mir das verschwitzte Shirt über den Kopf, denn obwohl ich das Fenster weit geöffnet habe, kann ich die Hitze mittlerweile kaum noch ertragen.

Welcher Schwachkopf hat es geschafft, die Heizung so dermaßen kaputtzukriegen? Wahrscheinlich Jenson, der ist ja schon mit Rayman überfordert.

Ich merke selbst, dass der Gedanke unfair ist.

Jenson kann nichts für meine Misere, nur weil er aussieht, wie er aussieht. Weil sein Körper nur aus Muskeln zu bestehen scheint und ihm die Frauen reihenweise nachlaufen – und er sie trotzdem abblitzen lässt, als wäre keine davon gut genug für ihn.

Ich wende mich dem Spiegel an der Wand zu und werfe einen Blick hinein. Besonders sinnvoll ist das nicht; es handelt sich dabei um einen Zerrspiegel, den Kelly und ich mal aus einem verlassenen Freizeitpark unten in Jingletown haben mitgehen lassen.

Von meiner Position am Schreibtisch aus sehen meine Schultern darin unnatürlich schmal aus, meine

Hüften wirken dafür ziemlich breit. Dieses Bild entspricht zum Glück nicht der Realität. In Wahrheit bin ich weder dick noch dünn, ich sehe ganz normal aus. Etwas blass vielleicht. Die meisten, die mir zum ersten Mal begegnen, glauben, dass ich aus England oder Irland komme, aber das ist Blödsinn. Ich bin aus einer …

Scheiße, spielt doch jetzt keine Rolle.

Ich trete näher an den Spiegel heran, schaue in mein verformtes Gesicht. Auf mein rotes Haar, das nie so wirklich weiß, wie es liegen soll.

Auf meinen Oberkörper, der vor Schweiß glänzt und jetzt gerade ganz gut aussieht. Der Spiegel lässt meine Schultern aus dieser Entfernung nämlich breiter wirken und meine Hüften schmaler.

Ist es das, was Abby fehlt? Trifft sie sich deshalb heimlich mit Slater Thorn? Weil ich ihr nicht gut genug aussehe?

Mit einem Mal bin ich so frustriert, dass ich mit der Faust gegen die Wand neben dem Spiegel schlage.

»Au«, zische ich, als ein unerwarteter Schmerz in meine Fingerknöchel schießt, nur um mir gleich selbst den Ratschlag zu erteilen: »Stell dich nicht so an, du Weichei.«

Und hör vor allem auf, dir etwas einzureden, füge ich in Gedanken hinzu.

Ich bin so eigentlich gar nicht. Ich denke logisch und halte mich an Fakten.

Also, was sind die Fakten?

Abby hat mir abgesagt, aber die Lerngruppe war nur eine Ausrede.

Sie hat sich statt mit mir mit Slater getroffen.

Doch dass sie mich betrügt, glaube ich eigentlich trotzdem nicht und Beweise habe ich auch keine dafür.

Dagegen, dass sie mich betrügt, sprechen gleich mehrere Dinge.

Erstens: Wir sind nicht nur ineinander verliebt. Wir lieben uns.

Zweitens: Sie hat eine Ortungs-App auf dem Handy und ihren Standort nicht deaktiviert. Würde sie mich wirklich betrügen, hätte sie Vorsichtsmaßnahmen getroffen, um nicht erwischt zu werden.

Und drittens: Wir sind nicht verheiratet, wir haben auch kein Kind. Wenn sie also lieber mit Slater als mit mir zusammen wäre, könnte sie ganz einfach Schluss machen.

Es muss also etwas anderes sein und dass ich gleich vom Schlimmsten ausgehe, liegt an mir, nicht an Abby. Ich lasse mich zu schnell verunsichern. Da hat Abby einmal etwas mit ihrer muskelbepackten Ex-Affäre zu tun – die ebenfalls in einer Beziehung steckt – und ich schiebe direkt Panik.

Ganz offensichtlich bin ich unsicherer, als ich immer dachte. Dabei hatte ich eigentlich nie Selbstzweifel und ich will auch keine haben, denn wenn es mir an einem nie gefehlt hat, dann war das Selbstbewusstsein.

Vielleicht muss ich einfach etwas unternehmen, um diese Zweifel gleich wieder loszuwerden.

Das werde ich auch.

Gleich morgen früh.

Und nach der Uni, wenn ich Abby endlich treffe, werde ich sie auf ihren Besuch bei Slater ansprechen.

Es ist am besten, wenn man Missverständnisse sofort aus dem Weg räumt, denn die letzten zwölf Stunden waren unnötig quälend.

ABIGAIL

Ich drücke mir die Wärmflasche auf den Bauch und wanke zurück zu meinem Bett.

Dass einem morgens schlecht wird, weiß ja jeder, aber ich hatte keine Ahnung, dass es Schwangerschaftsübelkeit auch am Abend gibt. Noch dazu sticht es in meinem Magen, als hätte ich einen Dornenstrauch verdrückt. Dabei hatte ich zum Abendessen nur eine halbe Tiefkühlpizza, und die ist seit ein paar Minuten auch wieder draußen.

Stöhnend lasse ich mich auf die Matratze sinken. Der fettige Geruch von Salami und Käse steigt mir in die Nase und mir wird gleich noch schlechter. Unwillig sehe ich rüber zur kleinen Küchenzeile meines zartrosa gestrichenen Einzimmerapartments.

Ich sollte den Rest der Pizza wegwerfen.

Doch ich kann jetzt unmöglich nochmal aufstehen.

Ich fühle mich einfach schrecklich und das hat längst nicht nur körperliche Ursachen, denn Slater hatte Recht, mein Gewissen frisst mich jetzt schon auf.

Heute ist unser Zweimonatiges und ich habe Malcolm einfach abgesagt. Dabei will ich eigentlich nichts sehnlicher, als bei ihm zu sein.

Frustriert ziehe ich mir die Decke über die nackten Beine und male mir aus, dass ich bei ihm im Strandhaus wäre, dass er mich in seinen Armen halten würde, so wie sonst.

Noch nie habe ich mich bei einem Menschen so geborgen gefühlt wie bei ihm. Irgendwie war das schon bei unserer allerersten Begegnung so. Wir hatten eine gemeinsame Bio-Vorlesung, die für mich Teil meines Sportstudiums war. Außer Sport studiere ich Pädagogik, Malcolm dagegen studiert Bio, Physik und Informatik.

Der Dozent stellte irgendeine Frage, von der ich höchstens drei Worte verstand und nahm mich ins Visier ...

Doch ehe ich in die Verlegenheit kam, zuzugeben, dass ich keinen Schimmer hatte, meldete sich Malcolm und beantwortete die Frage so souverän, als hätte sich der Prof nur erkundigt, wie es ihm geht.

Bei Sauerstoffmangel findet keine Endoxidation statt, dadurch kann auch die ATP-Synthese nicht stattfinden.

Ich fand es gleich sexy, dass er klug ist, ohne ein Angeber zu sein. Noch dazu ist er witzig und selbstbewusst und er hat dieses Lächeln, bei dem ich einfach kein Wort mehr rausbekomme.

Genervt von meiner eigenen Schwärmerei drehe ich mich wieder auf den Rücken und sehe an die Decke.

Morgen nach der Uni muss ich ihm alles erzählen und habe tierische Angst, dass er dann einfach mit mir Schluss macht. Eigentlich schätze ich ihn so nicht ein, aber wer weiß ... Vielleicht überfordert ihn die Situation genauso wie mich. Doch anders als ich hat er die Möglichkeit, wegzulaufen.

Ich weiß nicht, wie ich das aushalten sollte, wenn er mich verlassen würde. Ich vermisse ihn ja jetzt schon.

Zögernd ziehe ich mein Handy heran, das neben mir auf dem Bett liegt. Die lilafarbenen Kopfhörer sind eingestöpselt und ich stecke sie mir in die Ohren. Eigentlich wollte ich das heute nicht tun, um nicht endgültig in meinem Selbstmitleid zu versinken, aber jetzt mache ich es doch: Ich suche mir den Streamingdienst raus, über den Malcolm seinen Podcast veröffentlicht, den er immer dann aufnimmt, wenn ich mal nicht bei ihm schlafe.

Ich glaube, er weiß gar nicht, dass ich das *Ivy Diary* kenne, aber in Wahrheit war ich schon süchtig danach, lange bevor wir zusammenkamen. Zwar sagt er seinen Namen in der Sendung nie, aber auf dem Campus geht das Gerücht rum, dass er dahintersteckt, darum musste ich einfach reinhören. Nachdem er mich in Bio gerettet hatte, habe ich ungefähr ein Jahr lang heimlich für ihn geschwärmt.

Auf dem Eis war ich die selbstbewusste Cheerleaderin, aber immer, wenn ich ihm gegenüberstand, brachte ich keinen geraden Satz raus. Hätte Slaters Freundin Mia uns beim Sommerball nicht offiziell miteinander bekannt gemacht, wäre es wahrscheinlich jetzt noch so.

Ich rufe die Liste mit den Folgen auf und sehe, dass es zwei neue gibt, seit ich zuletzt reingehört habe. Eine von gestern und eine von heute.

Die von gestern heißt *Titania und ich*.

Titania ... Das kann nur eine Anspielung auf unseren ersten Abend sein.

Mit wild klopfendem Herzen klicke ich die Datei an, mache die Augen zu ... und wie immer bringt allein der warme Klang seiner Stimme mein Herz zum Schmelzen.

Ich drehe mich auf die Seite, kuschle mich in die Decke und höre zu, wie er von mir zu erzählen beginnt.

Von uns, vom Beginn unserer Beziehung, von unserem ersten Gespräch bis hin zu meinen kleinen Macken.

Ich beiße mir auf die Lippe, als ich anfange, zu lächeln wie ein Idiot.

Das mit dem Lippenstift ist ihm aufgefallen?

Ich lache leise. Oh ja, ich mache wirklich die schlimmsten Selfies und Malcolm macht sich einen Spaß daraus, mir als Antwort stets ein Emoji zu schicken, das mir auf dem Bild ähnelt.

Einmal habe ich den Pinguin von ihm bekommen, einmal den Zombie. Einmal war es auch die Paella-Pfanne, obwohl ich nicht weiß, wie ...

Oh mein Gott.

Er erzählt von dem Straßenmusiker.

Mir kommen jetzt noch fast die Tränen, wenn ich daran denke, wie ich mit geschlossenen Augen in meinem Ballkleid auf dem Bürgersteig stand und auf einmal *Thinking out loud* ertönte.

Vorher hatte Malcolm noch gescherzt, dass er Musiker geworden wäre, wenn „dieser Sheeran-Typ" nicht seine Karriere geklaut hätte.

Ich konnte ja nicht ahnen, dass er wirklich singen kann. Wenn ich ehrlich bin, gefällt mir seine Stimme sogar besser als die von Ed, weil sie etwas tiefer klingt.

An dem Abend, als er zum ersten Mal für mich spielte, war mir klar, dass das mit uns schon in dem Moment viel mehr als nur ein gemeinsames Essen war.

Dass ...

Mein Lächeln gefriert, als Malcolm weiterspricht.

Sie ist keine Frau, der man ihr Lieblingslied vorsingen sollte.

Sie ist eine Frau, die es verdient, dass man ihr Lieder schreibt.

Und darum hab ich genau das getan.

Wollt ihr es schon mal hören?

Oh nein. Das war also seine Überraschung für heute Abend. Er hat extra für mich einen Song geschrieben und ich sage ihm einfach ab!

Schnell greife ich nach den Kopfhörern, um sie von meinen Ohren zu nehmen, denn ich glaube, wenn ich das jetzt höre, fange ich endgültig an zu heulen.

Doch dann erklingen die ersten Akkorde der Gitarre und ich kann einfach nicht aufhören, zuzuhören.

Ich lausche dem Beginn des Liedes und bin sofort verzaubert. Es klingt leicht und zugleich gefühlvoll, weich und im selben Moment feierlich. Ich weiß schon jetzt, dass ich diese Melodie nie wieder vergessen werde.

Völlig egal, wohin das mit uns führt, dieses Lied wird bleiben. Die Liebe, die ich darin spüre, noch ehe es wirklich angefangen hat.

Ich sehe ihn vor mir, wie er in seinem Zimmer im Strandhaus sitzt und nur für mich spielt, auch wenn hunderte von Menschen zuhören.

Als er zu singen beginnt, laufen die ersten Tränen über mein Gesicht.

When I first saw you, thought you looked beautiful that night, we ran away from the ball room and the candlelight ...

Er singt von unserem ersten Abend. Davon, wie wir gemeinsam den Ball verließen, wie schön er mich fand und in den nächsten Zeilen davon, wie ich noch bezaubernder für ihn wurde, je besser er mich kennenlernte. Ich schlucke und versuche, die Tränen zurückzudrängen. Eigentlich habe ich ja gar keinen Grund zum Weinen. Im Gegenteil. Sowas Schönes hat noch nie jemand zu mir gesagt.

Der Refrain beginnt und ich bekomme eine Gänsehaut am ganzen Körper. Fast fühlt es sich jetzt an, als wäre er doch hier und würde mich in seinen Armen halten – vielleicht, weil er genau darüber singt.

Holding you feels like knowing you forever, it feels like loving you inside out ...

Nach und nach sorgen seine Worte dafür, dass ich das Lied sogar genießen kann.

Ich darf nur nicht daran denken, dass ich ihn morgen verlieren könnte.

MALCOLM

Es ist fünf Uhr dreißig, als mich Jensons Wecker aus dem Schlaf reißt. Nachdem ich bis zwei Uhr wachgelegen und gegrübelt habe, fühle ich mich jetzt wie gerädert. Meine Augen brennen, mein Hirn macht den Anschein, als bestünde es aus Treibsand und mein ganzer Körper ist so träge, dass es sich anfühlt, als würde er gar nicht zu mir gehören. Trotzdem drehe ich mich stöhnend auf die Seite und versuche, wach zu werden, während ich Jenson nebenan bereits aus dem Bett springen höre.

Normalerweise würde ich mich wieder umdrehen und noch eine Stunde weiterschlafen. Wenn Jenson zurückkommt, sitze ich meist unten in der Küche, trinke einen großen, schwarzen Kaffee mit Marshmallows und bin froh, dass ich kein Leistungssportler bin.

Es ist schon heftig, was die Jocks sich regelmäßig antun …

Draußen ist es noch dunkel, der Wind rauscht ums Haus und bringt die Wellen zum Toben. Sie branden laut an den Strand und ich glaube, dass ich auch Regen prasseln höre.

Ein ungemütlicher Herbstmorgen.

Doch ich habe mir etwas vorgenommen. Also schwinge ich die Beine aus dem Bett und komme mir dabei schon wie der sportlichste Mensch auf der Welt vor.

Der Boden unter meinen Füßen ist kalt und ich spüre an meinen nackten Beinen, dass es im ganzen Zimmer ziemlich kühl ist. Am liebsten würde ich meine Bettdecke mitschleppen. Egal, wohin.

Drüben höre ich, wie Jenson sein Zimmer verlässt.

Heiliger Himmel, wie kann er nur so schnell sein?

Jetzt muss ich mich beeilen.

Ich springe auf, verheddere mich in der Decke und bin froh, dass Abigail nicht hier ist und meinen uneleganten Start in den Tag mitbekommt. Ich stelle fest, dass über Nacht die Heizungen ausgefallen sein müssen. Die Hitze, die gestern hier geherrscht hat, ist bereits durch das geöffnete Fenster verflogen.

Eilig haste ich zu dem großen aufblasbaren Sessel, auf dem ich meine Sportsachen zurechtgelegt habe. Wobei Sportsachen ein bisschen zu dick aufgetragen ist. Es handelt sich dabei um eine Jogginghose, die ich gerne zum Zocken trage und ein Tekken-Shirt.

Dann schlüpfe ich in meine Turnschuhe und laufe nach draußen.

Glücklicherweise erwische ich Jenson unten an der Tür.

»Jenson!« Ich komme hinter ihm zum Stehen und merke, dass ich bereits jetzt außer Atem bin – nur von dem kleinen Sprint die Treppe herunter.

Jenson, der in seinem Eagles-Trikot, der Kapuzenjacke und der schwarzen Trainingshose ungefähr fünfhundert Mal so sportlich aussieht wie ich, dreht sich erstaunt zu mir um. »Morgen?«

Es klingt mehr wie eine Frage als eine Begrüßung.

Morgen, Malcolm, bist du aus dem Bett gefallen?

Morgen, Malcolm, gehst du auf Pokémon-Jagd?

Morgen, Malcolm, was zur Hölle hast du um diese Zeit hier verloren?!

»Hi.« Ich deute mit dem Kopf lässig in Richtung Tür. »Kann ich mich anschließen?«

Jenson runzelt die Stirn. »Ich gehe joggen.«

»Ich weiß.« Ich nicke. »Und ich möchte mit.«

»Soll das ein Scherz sein?«

»Klingt das wie einer?«

»Ja, wie ein ziemlich schlechter. Bist du überhaupt schon mal gejoggt?«

Das ist eine Frage, über die ich ernsthaft nachdenken muss. Bin ich? In der Grundschule bin ich öfter mal gerannt. Aber das ist Jahre her. Danach ... Auf der Junior High war ich eine Niete in Sport, denn egal, wie hart mich die Lehrer rannahmen, meine Kondition wurde einfach nicht besser. Es folgten einige ärztliche Untersuchungen und auf der Highschool hatte ich dann meist ein Attest. Außer für die leichten Sachen.

»Äh ...«

»Versuchen wir es einfach.« Jenson macht die Tür auf. »Dann los.« Er setzt seine Kapuze auf, dann joggt er los und ich stelle fest, dass es wirklich regnet.

Klasse.

»Dann los«, murmle ich, schließe die Tür und fange an zu rennen. Es fühlt sich total komisch an, als wären weder meine Beine noch meine Füße wirklich dafür gemacht, sich so schnell zu bewegen. Außerdem wird der Boden nach wenigen Metern immer sandiger und ich habe das Gefühl, auf Eiern zu laufen.

Der Regen prasselt kalt auf mich herab und ich bereue, dass ich nicht auch eine Jacke mit Kapuze trage.

Jenson, der bereits gute hundert Meter hinter sich gebracht hat, läuft auf der Stelle und sieht mir entgegen.

»Na komm schon, oder hast du es dir anders überlegt?«

Ich laufe weiter, ohne ihm eine Antwort zu geben. Nicht, weil ich stur wäre, sondern weil ich jetzt schon keine Luft mehr habe.

Jenson wartet geduldig auf mich und als ich bei ihm angekommen bin, läuft er in meinem Tempo neben mir her.

»Also, was soll das?«, fragt er und ich bin verwundert darüber.

Seit er vor zwei Wochen bei uns eingezogen ist, haben wir kaum ein Wort miteinander gewechselt. Gestern Abend war die absolute Ausnahme und ich weiß nicht so recht, was ich ihm antworten soll. So gut, dass ich mit ihm über meine Probleme und Zweifel rede, kennen wir uns ja eigentlich nicht. Ich weiß ja nicht einmal, warum er plötzlich bei uns wohnt.

»Es kann nicht schaden, etwas sportlicher zu werden«, gebe ich zu.

Jenson steuert aufs Meer zu und ich frage mich, was er vorhat. Einen kleinen Iron Man bestreiten? Wenn er sich gleich ins aufgewühlte Wasser stürzt, muss ich passen.

»Da unten läuft es sich besser. Der Sand ist fester.«

Ich hole zu ihm auf und stelle fest, dass er recht hat. Der nasse Sand ist wirklich unnachgiebiger und das Laufen dadurch weniger anstrengend.

Wasser spritzt auf, während wir Seite an Seite am Meer entlang joggen. Jenson stellt keine weiteren Fragen, sondern läuft schweigend neben mir her und wirkt so gelassen, als würden wir gemütlich spazieren.

Bei mir sieht die Sache anders aus. Meine Lunge brennt und nicht nur die. Auch meine Waden fühlen sich schrecklich an. Mein Haar ist nass, ich weiß nicht, ob es vom Schweiß oder vom Regen kommt.

»Geht's?«, fragt Jenson nach einer gefühlten Stunde, die in Wahrheit nur ein paar Minuten gedauert haben kann.

»Nein«, japse ich und stelle fest, dass ich kaum noch renne, sondern mich nur noch vorwärts schleppe. Noch zwei Meter, drei, vier … dann lasse ich mich in den Sand fallen.

»Hey, nicht schlapp machen.« Jenson stößt mich locker mit dem Fuß an.

»Warte nicht auf mich. Ohne mich bist du schneller«, keuche ich.

Jenson joggt grinsend auf der Stelle. »Ein echter Märtyrer. Steh schon auf, wir sind noch keine vierhundert Meter gelaufen.«

Was? Wirklich nicht?

Ich drehe den Kopf im feuchten Sand. Er hat recht. Das Haus ist noch in Sichtweite.

»Ich schwitze …«

Jenson lacht leise. »Jetzt schon?« Er hält mir beide Hände hin. »Hoch mit dir. Denk an Abby.«

Es ist wohl ziemlich offensichtlich, dass ich mich für sie so quäle. Ich hebe die Arme ein Stück und greife nach Jensons Händen. Er zieht an mir, aber ich komme einfach nicht hoch und lasse ihn wieder los.

»Meine Waden bestehen aus Steinen und meine Lunge aus Feuer.«

»Du musst Magnesium trinken«, rät mir Jenson. »Bist du sicher, dass es das schon war?«

Ich nicke und schaffe es, mich zumindest aufzusetzen. »Kannst du mir einen Gefallen tun?«

»Klar«, sagt Jenson sofort.

Anscheinend habe ich was gut bei ihm, weil ich ihm bei Rayman geholfen habe.

»Besorg mir einen Platz in eurem Team.« Jetzt ist es raus. Ich habe die ganze Nacht darüber nachgedacht und bin zu dem Schluss gekommen, dass ich es wirklich will. Ich möchte sportlicher werden.

»In welchem Team?«

»Bei den Eagles.«

Jenson lacht, dann wird sein Gesicht langsam ernster und er sieht fragend zu mir runter. »Noch so ein schlechter Scherz?«

»Mein voller Ernst.«

»Oh Mann ...« Jenson setzt die Kapuze ab und fährt sich durchs Haar, während er sich ratlos am menschenleeren Strand umsieht und sich wahrscheinlich fragt, wie er aus der Nummer wieder rauskommt. »Hör zu, das ist vielleicht ein schlechter Zeitpunkt. Wir haben bald ein wichtiges Spiel und ...«

»Ich will gar nicht spielen. Ich will nur das Training mitmachen. Um fitter zu werden.« Das ist dringend nötig. Das Reden fällt mir immer noch schwer und mir ist klar, dass ich wirklich etwas tun muss.

Jenson, der der Kapitän der Eagles ist, wirkt erleichtert. »Nur das Training?«

Ich nicke.

»Ich werde mal mit dem Coach reden, aber ich wüsste nicht, was dagegen spricht.«

»Danke. Und jetzt lauf. Sie sind gleich da. Sie dürfen uns nicht beide kriegen.« Ich lasse mich zurück in den Sand fallen.

Jenson schüttelt grinsend den Kopf. »Du bist ein echter Spinner.« Damit setzt er seinen Weg fort, diesmal in einer Geschwindigkeit, die zu einem Profisportler wie ihm viel besser passt als das Schneckentempo, das er mit mir an seiner Seite an den Tag legen musste.

KAPITEL 3

ABIGAIL

Heute ist eine Off-Ice-Einheit bei den Firebirds angesagt, was bedeutet, dass wir auf dem Sportplatzrasen trainieren. Meistens nutzen wir dieses Training, um neue Ideen für unsere Cheerleading-Show zu sammeln. Das ist auch heute der Fall, nur leider scheint sich alle Welt gegen mich verschworen zu haben.

Nicht nur, dass es nach dem Regen heute Morgen aufgeklart hat und jetzt unerträglich drückend ist, auch die Mädels gehen mir heute gehörig auf den Geist mit ihrer Euphorie und ihrem Tatendrang.

Sherley hat vorhin vorgeschlagen, dass wir es doch fürs kommende Spiel wie andere Eishockey-Cheerleaderinnen machen und einen rutschfesten Filzteppich auf dem Eis ausrollen sollen. So könnten wir unsere Kür ohne Schlittschuhe aufführen und hätten mehr Möglichkeiten, wie spektakuläre Hebefiguren und Sprünge.

Auch wenn ich die Chef-Cheerleaderin bin und dagegen war, bin ich von den anderen überstimmt worden.

Und so trainieren wir jetzt gerade einen Salto.

Mir ist immer noch kotzübel und ich habe mich bisher erfolgreich um den Salto drücken können, indem ich zusammen mit unserer Trainerin zwischen den Mädchen hergelaufen bin und sie angefeuert habe.

Doch gerade ist Coach Price neben mich getreten und sieht mich besorgt an.

»Geht es dir heute nicht gut, Abby?«

Während die anderen Mädchen weiter üben, wende ich mich ihr zu. Jetzt heißt es, erfolgreich lügen. »Mir geht es bestens.«

Coach Price mustert mich von oben bis unten und ich unterdrücke den Impuls, meine Hände über meinem Bauch zu falten. Man kann es mir nicht ansehen, auch wenn ich das Gefühl habe, alle Welt könnte von meiner Stirn ablesen, dass ich schwanger bin. Ich muss einfach nur cool bleiben, dann merkt niemand etwas.

»Du siehst blass aus.«

»Ich hatte wenig Schlaf, das ist alles.« Ich habe wirklich die ganze Nacht über wach gelegen, auf den Regen und den Sturm gelauscht und mir ausgemalt, wie es sein könnte, wenn Malcolm und ich ...

Stimmen werden laut und ich sehe hinüber zum Eingang des Sportplatzes.

Die Eagles haben den Rasen betreten, lautstark grölend.

Die Köpfe der gesamten Firebirds rucken nahezu synchron zu den Jungs herum.

Ich mache vorne weg Matt aus, der sich wie immer wie ein Neandertaler aufführt. Dahinter entdecke ich Slater und Tom und ganz am Ende der Truppe laufen Jenson, der Kapitän und ...

Malcolm?!

Ja, es ist eindeutig mein Freund, der neben Jenson her schlendert und in ein Gespräch mit ihm vertieft zu sein scheint, als wäre er schon immer einer der Eagles gewesen.

Was hat er denn hier zu suchen?

Sofort schlägt mein Herz schneller. Sein Anblick, dieses selbstverständliche Auftreten, sorgt dafür, dass ich zu ihm rennen und mich in seine Arme werfen will.

Noch etwas sorgt dafür, dass mein Puls sich beschleunigt. Wahrscheinlich ist er hier, weil er mich abholen möchte. Das bedeutet, dass ich keinen Aufschub mehr habe. Gleich muss ich mit ihm reden und –

Malcolm hebt die Hand und lächelt zu mir rüber. Doch anders als erwartet kommt er nicht angelaufen, sondern versammelt sich mit den anderen Jungs um Coach Ridley.

Was hat das zu bedeuten?

»Okay, Mädchen, räumen wir das Feld für die Eagles.« Price klatscht in die Hände.

Suzan und Grace, meine besten Freundinnen, kommen zu mir herüber, aber ich bitte sie, einen Augenblick zu warten.

Dann gehe ich auf Malcolm zu.

Ich möchte zu gerne wissen, was er beim Training der Eishockeymannschaft zu suchen hat.

»Na schön, Jungs, erstmal fünf Runden einlaufen und dann ...«

Coach Ridley bricht mitten im Satz ab und sieht mir mit gekräuselten Brauen entgegen, als ich mich zwischen den Eagles, die sich in einem losen Halbkreis vor ihm aufgestellt haben, hindurch schiebe. Offensichtlich gefällt es ihm nicht, dass ich das Training unterbreche, noch bevor es richtig begonnen hat.

»Sorry«, sage ich und zwänge mich zwischen Toms und Eric Garners Schultern hindurch. »Dauert nur eine Sekunde.«

Malcolm sieht mir entgegen und ein Lächeln erscheint auf seinen Lippen. Er scheint mir wegen meiner Absage gestern nicht böse zu sein, was mich erleichtert.

Kaum habe ich den Halbkreis aus Eishockeyspielern betreten, wirft mir Slater einen fragenden Blick zu. Ich schüttle leicht den Kopf, damit er weiß, dass ich es Malcolm sicher nicht jetzt und hier vor allen anderen sagen werde. Unauffällig zeigt er mir den erhobenen Daumen, dann ertönt rechts von mir ein Pfiff.

»Krass, wie scharf du heute wieder aussiehst, Abi-Geil«, flötet Matt.

Wie gewöhnlich ignoriere ich ihn einfach, aber heute geschieht etwas Unvorhergesehenes.

Ich bin fast bei Malcolm, als er Matt ins Visier nimmt und sagt: »Krass, wie du zu blöd bist, ihren Namen richtig auszusprechen. Sie heißt Abigail.«

Matt ruft etwas, das wie »Pass auf, du Saftsack« klingt, wird allerdings vom Gejohle der anderen Jungs übertönt und ich bin überrascht.

Normalerweise ist Malcolm beim Training nicht hier und bekommt Matts blöde Sprüche gar nicht erst mit. Dass er mich verteidigt, erzeugt ein warmes Gefühl in mir.

Nicht, dass ich ihm nicht zugetraut hätte, einzugreifen – dass er eine große Klappe hat, ist kein Geheimnis. Außerdem liebe ich es, dass er den Eishockey-Stars gegenüber keine Komplexe hat, auch wenn ihn vermutlich jeder aus dem Team mit einem Schlag in den Boden rammen könnte.

Das ändert jedoch nichts daran, dass an der ganzen Situation etwas nicht stimmt.

Matt plärrt noch irgendwas, wird aber von den anderen Jungs zurückgehalten und dann auch noch von Coach Ridley in die Schranken gewiesen.

»Lewis, reiß dich zusammen!«

Ich ignoriere den kleinen Tumult, fasse Malcolm an den Schultern, schiebe ihn ein paar Schritte zurück und es dauert einen Moment, bis er seine Aufmerksamkeit von Matt ab– und mir wieder zuwendet.

»Was machst du denn hier?«, frage ich.

Malcolm deutet auf Jenson, der gerade mit dem Trainer diskutiert. »Er hat sich dafür eingesetzt, dass ich mittrainieren darf.«

Jenson hat was? Will er Malcolm umbringen? Gerade ihm als Kapitän sollte doch klar sein, dass das Training der Eagles viel zu hart für jemanden ist, der sonst gar keinen Sport treibt.

»Sanders, was ist jetzt?«, ruft Coach Ridley unzufrieden in Richtung Malcolm. »Willst du nun quatschen oder mitmachen?«

»Bin sofort da«, erwidert Malcolm.

»Aber was soll das denn?«, frage ich leise, weil ich meinen Freund vor den Jungs nicht zum Gespött machen will. Doch während wir reden, beginnen sie sich warmzulaufen und ich füge lauter hinzu, sobald wir allein sind: »Wie kommst du plötzlich darauf?«

»Ich dachte, es kann nicht schaden, etwas sportlicher zu werden«, antwortet Malcolm wie aus der Pistole geschossen.

Es klingt, als hätte er sich diesen Satz sorgsam zurechtgelegt. Ich kapiere ihn trotzdem nicht.

»Du interessierst dich doch gar nicht für Sport.«

»Aber du«, erwidert er.

Ja, na und? Er interessiert sich auch für Robotik, darum fange ich aber noch lange nicht an, einen Ingenieurskurs zu belegen – oder was auch immer man dafür braucht.

»Wir müssen doch nicht exakt die gleichen Dinge gut finden«, sage ich, auch wenn ich mich insgeheim freuen würde, wenn er regelmäßig hier wäre, weil wir uns dann öfter sehen könnten.

»Keine Sorge, ich werde nicht mit dem Cheerleading anfangen.« Malcolm zwinkert mir zu, aber seine Augen blitzen dabei nicht so wie sonst, und irgendwie verletzt mich das.

Weil er mir alles in allem so distanziert vorkommt. Als würde plötzlich etwas zwischen uns stehen ... was es ja auch tut, aber das kann er unmöglich wissen.

Slater würde nie hinter meinem Rücken meine Geheimnisse ausplaudern.

»Malcolm.« Etwas unbeholfen streiche ich mit dem Finger über seine Brust. »Muss das denn wirklich sein? Ich meine ...«

»Jetzt mach dir keinen Kopf. Ich will mich ein bisschen fit halten, das ist alles.«

Klar. Bald hat er dazu, dass er intelligent und wortgewandt ist auch noch Muskeln, während ich vermutlich auseinandergehe wie ein Hefekloß, Pickel und Dehnungsstreifen kriege und meine eigenen Füße nicht mehr sehen kann.

Das ist doch alles Mist! Reicht es nicht, dass ich schwanger bin? Ich brauche Malcolm als meinen Fels in der Brandung, nicht als jemanden, wegen dem ich mir jetzt auch noch Sorgen machen muss.

Ich spüre, dass ich den Tränen nahe bin, aber ich will jetzt auf keinen Fall anfangen zu heulen. Darum löse ich mich von Malcolm, fast schon ein bisschen hektisch. »Ich finde das nicht gut«, stelle ich ziemlich hilflos klar.

»Du traust es mir nicht zu.«

Unwillig schüttle ich den Kopf. Darum geht es doch gar nicht. Aber woher soll er wissen, worum es geht, wenn ich es ihm nicht endlich sage?

»Malcolm.« Ich sehe ihn nicht an, blicke stattdessen auf seine Schulter und kämpfe meine Furcht nieder. »Wir ... müssen reden. Über was Wichtiges. Ich komme heute Abend gegen acht bei dir vorbei, okay?«

»Ja, ich denke auch, dass wir reden sollten«, erwidert er und klingt dabei mühsam beherrscht.

Er hat mir ebenfalls was zu sagen? Verwirrt blicke ich zu ihm auf – und sehe auch in seinen Augen Angst, was ziemlich ungewöhnlich für ihn ist.

Malcolm macht sich nie wegen irgendwas zu viele Gedanken. Wenn ich weder ein noch aus weiß, hat er schon längst eine Lösung. Ich glaube, ich habe noch nie Unsicherheit in seinem Blick gesehen, aber jetzt gerade tue ich es.

»Okay«, sagt er und scheint noch etwas hinzufügen zu wollen, lässt es dann aber.

Ich nicke. »Okay.«

Damit stelle ich mich auf die Zehenspitzen und drücke einen Kuss auf seine Lippen, der feucht und viel zu ungestüm ausfällt, so als wären wir zwei Fremde beim Flaschendrehen.

Dann flüchte ich an ihm vorbei in Richtung Umkleiden.

Ich rechne damit, dass er mir noch etwas nachruft oder dass ich zumindest seinen vertrauten Blick im Rücken spüre.

Doch als ich mich kurz vor der Tür des niedrigen Gebäudes, in dem die Kabinen sind, nochmal zu ihm umdrehe, hat er sich schon den Eagles angeschlossen.

MALCOLM

Coach Ridley besteht darauf, dass ich die gesamten fünf Runden Einlaufen hinter mich bringe. Ich steige ein, als die anderen schon anderthalb Runden ums Footballfeld hinter sich haben. Als sie fertig sind und mit dem richtigen Training beginnen, bin ich noch dabei. Insgesamt ist es eine Strecke von mehr als einer Meile und ich schaffe es die meiste Zeit über noch nicht einmal, zu joggen. Aber laut dem Coach ist das egal – Hauptsache, ich bewältige die fünf Runden. Selbst wenn ich auf allen vieren ins Ziel krieche.

Auf dem Feld, wo die anderen mittlerweile einen mit Gewichten beladenen Metallschlitten von einem Ende ans andere Ende schieben, höre ich Matt ein paar Sprüche über mich reißen. Doch ich habe keine Lust, mich mit ihm auseinanderzusetzen. Nach meinem Gespräch mit Abigail kann ich nur noch daran denken, was sie gesagt hat.

Sie will nachher mit mir reden. Über was Ernstes, das habe ich ihr deutlich angemerkt.

Hat der Vögelmarathon mit Slater vielleicht doch nicht nur in meinem Kopf stattgefunden?

Während ich im zweiten Drittel der fünften Runde stecke, sehe ich unauffällig zu ihm hinüber. Er wartet gerade darauf, dass er mit dem Schlitten an der Reihe ist. Mit verschränkten Armen steht er am Feldrand herum, die Ärmel seines Shirts hat er bis auf die Schultern hochgeschoben.

Derselbe Anblick wie bei Jenson – Muskeln, die deutlich hervortreten und jedem schon von weitem signalisieren, dass er ein Sport-Ass ist. Seine Waden sehen auch nicht viel anders aus.

Scheiße, wie schafft man das? Die wenigen Muskeln, die ich in meinen Beinen besitze, haben sich glaube ich irgendwo in der dritten Runde verabschiedet, sind in den Urlaub gefahren oder haben gleich gekündigt. Unterhalb der Knie spüre ich eigentlich kaum noch was.

Als ich schon überzeugt bin, dass meine Waden jeden Moment einfach nachgeben werden, kommt plötzlich jemand vom Feld zu mir rüber gelaufen und joggt neben mir her – Tom Turner.

»Na«, sagt er.

»Na«, keuche ich.

»Ich dachte immer, am Eishockey interessieren dich nur die Cheerleaderinnen«, grinst er.

Bis vor einer Weile war auch Toms Interesse an den Cheerleaderinnen noch groß. Dann jedoch lernte er seine jetzige Freundin Chelsea kennen, und dass er mittlerweile mit ihr zusammen ist, verdankt er unter anderem mir.

Wahrscheinlich ist er deswegen rübergekommen, um mich zu motivieren. Dabei hat er das Einlaufen längst hinter sich und müsste das hier nicht tun.

»Keine volle Runde mehr. Das ist nicht viel.«

»Ich kapier nicht ... wie ihr sowas ... regelmäßig schafft«, gebe ich zu.

»Alles Übungssache«, sagt Tom. »Komm schon. Je schneller du läufst, desto schneller hast du es hinter dir!«

Damit beschleunigt er sein Tempo und ich sehe ein, dass er Recht hat. Ich gebe mir einen Ruck und fange in der Mitte der fünften Runde wieder an zu joggen. Ein paar der anderen Spieler sehen überrascht zu uns rüber, ich glaube, damit haben sie nicht gerechnet. Meine Beine haben auch nicht damit gerechnet. Sie brennen wie Feuer und drohen, einfach schlapp zu machen.

Doch ich laufe weiter neben Tom her, auch wenn mein Puls rast und mir langsam schwindelig wird. Abby wird schon sehen, dass ich mehr bin als eine willkommene Abwechslung.

Kaum wandern meine Gedanken zu ihr, nehme ich noch ein bisschen an Tempo auf, auch wenn ich mir einbilde, dass es am Rand meines Gesichtsfelds schon schwärzer wird. Außerdem brauche ich dringend andere Turnschuhe, meine alten –

»Na los, du hast es fast geschafft!!«

Irritiert sehe ich auf und stelle fest, dass sich ein paar weitere Eagles in der nördlichen Endzone versammelt haben. Unter ihnen ist Slater und er war es auch, der mich gerade lautstark angefeuert hat.

Was soll das? Er kann nicht einerseits meine Freundin bumsen und andererseits …

»Hundert Meter noch, das ist ein Kinderspiel, Mann! Komm schon«, fordert Tom neben mir, der noch nicht mal ansatzweise außer Atem ist.

Die anderen Spieler klatschen in die Hände und rufen mir ebenfalls irgendwas zu. Das ist echt nett von ihnen, aber im Moment wünschte ich mir, sie würden einfach verschwinden. Dann würde meine Fantasie mir nämlich keine Bilder vorgaukeln, auf denen Abigail sich nackt mit jedem Einzelnen von ihnen im Bett wälzt.

Ich dränge die unschönen Visionen zurück und laufe weiter.

»Ein paar Meter noch, Malcolm!«

Ein paar Meter. Das klingt gut. Ich sehe den Jungs entgegen und versuche zu ignorieren, dass sie vor meinen Augen verschwimmen.

»Noch zwanzig!« So ungefähr alle Eagles, mit Ausnahme von Matt und natürlich Tom, stehen jetzt in der Endzone und brüllen irgendwelche Sachen. Nur Jenson hält die Klappe und grinst zufrieden. Er muss jetzt glauben, dass seine kurze Trainingseinheit mit mir schon unheimlich viel gebracht hat.

Doch in Wahrheit ist es nur der Gedanke an Abby, der mich weitermachen lässt – so lange, bis ich tatsächlich mit ein paar letzten schlaffen Schritten ins Ziel wanke.

Auf einmal bin ich von den Jungs umringt, die wild durcheinander rufen und sich freuen wie verrückt. Tom klopft mir auf die Schulter. Keine gute Idee. Ich falle auf die Knie, werde aber sogleich wieder in die Höhe gezogen.

»Oben bleiben, oben bleiben! Sonst kotzt du nur!«

Mir ist wirklich ziemlich schlecht. Ich sollte schnellstens irgendeine Toilette aufsuchen und probiere schon, mich von den anderen freizumachen. »Ich, glaube, ich muss ...«

Tom zieht mich zurück.

»Tief durchatmen und langsam im Kreis gehen, dann hört es auf«, dringt seine Stimme wie aus weiter Ferne an mein Ohr.

Im Kreis gehen?! Womit denn? Den nutzlosen Dingern, die mal meine Beine waren?

Ich versuche, zu tun, was er sagt, ignoriere das fiese Stechen in meinen Seiten und taumle ein paar Meter über den Rasen. Nach einem Moment wird die Übelkeit wirklich besser.

Coach Ridleys schnurrbärtiges Gesicht taucht vor mir auf. Obwohl er ihm nicht ähnlich sieht, erinnert er mich an Sergeant Hartman aus *Full Metal Jacket.*

»Gut gemacht, Kleiner«, sagt er und hebt seine gewaltige Hand.

»Besser nicht ... auf die Schulter klopfen ...«, bringe ich hervor.

Der Coach lacht. »Ich muss sagen, das hätte ich dir nicht zugetraut! Du hast mich überrascht.«

»Cool«, krächze ich zwischen zwei Atemzügen. Auch wenn ich nicht wegen Ridleys Anerkennung hier bin, fühlt sie sich nicht schlecht an.

Als hätte er diesen Gedanken gehört, sagt er im nächsten Moment: »Na schön, genug ausgeruht. Jetzt darfst du dich mit den anderen am Schlitten versuchen. Was stemmst du?«

Was ich stemme?

»Äh ...« Mit wackligen Knien folge ich ihm und den anderen zu dem Trainingsgerät.

»Für den Anfang vielleicht dreißig?«, schlägt einer der Jungs vor, die alle mit uns kommen. Einer von ihnen drückt mir eine Wasserflasche in die Hand.

»Danke«, sage ich und nehme den Schlitten in Augenschein. Genaugenommen ist er nur ein Metallgestell mit Gewichtsscheiben drauf.

»Dreißig? Soll er den Schlitten schieben oder der Schlitten ihn? Der packt maximal zehn!«, sagt Matt, während ich die halbe Flasche auf ex leere.

»Wir machen es zuerst ohne Gewichte«, bestimmt der Coach.

Ohne? Das hört sich schon viel besser an.

Ridley erteilt Tom die Aufgabe, den Schlitten von den Scheiben zu befreien und erklärt mir dann. »Manche der Eagles schaffen fünfzig, andere sechzig. Den Rekord hält Slater, der mehr als sein eigenes Körpergewicht schiebt. Darum ist er auch so ein guter Verteidiger.«

Slater. Klar. Ich sehe zu ihm rüber und er nickt mir aufmunternd zu. Das Problem mit ihm ist, dass es so schwer ist, ihn nicht zu mögen, weil er im Grunde echt okay ist. Aber wenn er was mit Abby hatte ...

»Sanders? Geistig noch anwesend?«

Ich sehe schnell zum Coach. »Ja, klar.«

»Gut. Also, wie gesagt. Du versuchst erstmal, es mit dem Schlitten in Sprintgeschwindigkeit zum anderen Feldende zu schaffen. Wenn dir das gelingt, sehen wir, ob wir ein paar Gewichte auflegen können. Fertig?«

Ich nicke, stelle die Flasche auf dem Rasen ab und setze mich in Bewegung. Mir ist zwar nicht mehr schlecht, aber immer noch total schwindelig. Trotzdem lege ich die Hände an die Metallgriffe. Im Ernstfall kann ich das Teil wahrscheinlich auch als Rollator benutzen.

»Du musst dir Handschuhe zulegen«, sagt Jenson und hält mir seine hin.

Ich nehme sie entgegen, sie sind klatschnass vor Schweiß. Ein bisschen eklig ist das schon, aber ich beschließe, mich nicht so anzustellen. Ich ziehe sie an und greife wieder nach dem Schlitten.

»Los«, sagt der Coach und drückt einen Knopf auf einer Stoppuhr.

Haha. Was will er denn messen? Den neuen Minusrekord?

Ich hole Luft, beginne zu schieben und –

Scheiße, ist das Ding schwer!

Es bewegt sich schon von der Stelle, aber im Schneckentempo, und meine nutzlosen Beine helfen nicht gerade dabei, mich dagegen zu stemmen.

»Das Ding hat ein Leergewicht von dreißig Kilo«, lässt mich Tom wissen.

Dreißig Kilo?! Warum hat mir das vorher keiner gesagt?

Ich schaffe ein paar weitere Schritte, erreiche die Linie, die markiert, dass ich die ersten zehn Yards hinter mich gebracht habe.

Bleiben noch neunzig.

Noch ein Schritt. Ein weiterer. Mir wird noch schwindeliger und es fühlt sich einen Moment lang an, als würde ich über den Boden schweben.

Dann sacke ich auf die Knie. Ich kann einfach nicht mehr. Mann. Wie zur Hölle schaffen es die anderen, dieses Teil voll beladen von einer Seite zur anderen zu bringen? Und das auch noch mehrfach?

Eins wird mir klar: Von sowas wie körperlicher Fitness bin ich noch meilenweit entfernt.

»Sportsfreund.«

Ich blinzle ein paarmal und blicke auf zu Jenson, der mir die Hand hinhält.

»Ich würde sagen, für heute reicht's. Aber schlecht geschlagen hast du dich nicht.«

Na ja, ich bin mir da nicht so sicher. Beeindruckend ist was anderes. Immerhin habe ich während der letzten Minuten kaum an das bevorstehende Gespräch mit Abby gedacht – und allein dafür war es das wert.

Ich war noch nie so kaputt wie nach diesem Training. Tom Turner hat mir zu einer eiskalten Dusche geraten, die für einen Moment auch geholfen hat.

Doch als es gegen acht unten an der Haustür klingelt, bin ich schon wieder nassgeschwitzt.

Mein Herz beginnt so laut zu pochen, dass ich nur noch meinen Puls in den Ohren höre und meine Beine werden weich.

Mit wackligen Knien steige ich die Treppe herunter und lege meine Hand an den Türgriff. Doch bevor ich öffne, atme ich noch ein paar Mal tief durch.

Sie wird mich schon nicht abservieren ...

»Malcolm?«, fragt Abigail durch die Tür. »Machst du auf?«

»Oh, ja. Ja, na klar.« Schnell drehe ich den Knauf und öffne die Tür. Herbstwind weht ins Haus und trägt den Salzgeruch vom Meer mit sich.

Abigail lächelt mich schief und etwas zögerlich an. Sie trägt einen dunkelblauen Parka mit einer Kapuze, die sie sich allerdings schnell vom Kopf zieht. Darunter kommt ihr schönes, goldenes Haar zum Vorschein.

»Komm rein«, sage ich und gehe einen Schritt zur Seite.

»Ganz schön stürmisch draußen. Dabei war es doch vorhin noch so warm.« Abby kommt rein und sieht sich um, als wäre sie zum ersten Mal hier.

»Aprilwetter im Oktober«, steige ich in ihren ziemlich ungeschickten Smalltalkversuch ein.

Abigail schließt die Tür und einen Moment lang stehen wir uns im Flur gegenüber und wissen nicht, wie wir uns begrüßen sollen. Dann macht Abby den ersten Schritt und umarmt mich.

Ich erwidere ihre Umarmung direkt und sofort hüllt mich ihr Vanilleduft ein.

»Ach, Malcolm«, seufzt Abby und ich weiß nicht, was ich damit anfangen soll. Sie klingt irgendwie erschöpft und traurig.

Ich streichle ihr über den Rücken und genieße noch einen Moment ihre Nähe. Wer weiß, was jetzt gleich kommt …

»Wollen wir uns setzen?« Abby löst sich von mir und ich lasse sie nur ungern los.

Jetzt wird es ernst.

»Klar«, sage ich und meine Stimme klingt belegt. Mein Herzschlag hat sich etwas beruhigt und einem dumpfen Gefühl Platz gemacht. Als hätte sich ein Teil von mir schon damit abgefunden, dass ich Abby verloren habe.

Abigail stellt ihre Tasche weg, macht ihre Jacke auf und ich nehme sie ihr ab, um sie an die Garderobe zu hängen, die aus einem großen Stück Treibholz besteht, in das jemand ein paar Haken geschraubt hat.

Dann sehe ich Abby nach, wie sie ins Wohnzimmer geht. Da außer mir nur Jenson zuhause ist, der versprochen hat, in seinem Zimmer zu bleiben, können wir hier unten ungestört reden.

Doch ich bin irgendwie noch nicht bereit dazu und brauche noch etwas Aufschub.

»Möchtest du etwas trinken?«, frage ich, um noch etwas Zeit zu gewinnen.

Abby nickt dankbar und setzt sich. »Gerne.«

Ich habe das Gefühl, noch etwas zu ihr sagen zu müssen, aber ich weiß nicht so richtig, was. Also sehe ich zu, dass ich in die Küche gehe und meine Galgenfrist noch ein paar Minuten ausdehne.

Aus dem Kühlschrank hole ich die Flasche Ginger Ale, die ich extra für Abby gekauft habe und überlege, noch ein paar von ihren Lieblings-Haferkeksen dazu zu legen. Ich weiß nicht, ob das nicht blöd rüberkommt. Ich will mich nicht bei ihr einschleimen. Wenn sie mich gleich abschießt, stehe ich wie der liebestolle Idiot da, der die Anzeichen nicht gesehen und alles für einen romantischen Abend eingekauft hat.

Die Blöße will ich mir nicht geben.

Eigentlich.

ABIGAIL

Malcolm kommt mit einem großen Glas sprudelndem Ginger Ale und einem Teller voller Haferkekse mit Schokolade zurück ins Wohnzimmer.

Er ist meine Rettung!

Nachdem ich mich so oft habe übergeben müssen, habe ich es den Tag über nicht mehr gewagt, etwas zu essen und jetzt verhungere ich.

»Oaties!«, entfährt es mir und ich greife bereits nach einem Keks, ehe Malcolm den Teller auf dem Tisch abgestellt hat, was ihm ein Lächeln entlockt. Ich stopfe mir den halben Keks in den Mund und beobachte Malcolm dabei, wie er schräg neben mir auf einem Sessel Platz nimmt.

Warum setzt er sich nicht zu mir?

Hoffentlich hat Slater wirklich dichtgehalten und ihm noch nichts von meinem Geheimnis erzählt!

Wir sehen einander schweigend an. Ich kaue auf meinem Haferkeks herum und Malcolm auf seiner Unterlippe. Ich fühle mich langsam, aber sicher etwas unbehaglich. Die Distanz zwischen uns scheint immer größer zu werden.

»Du wolltest mit mir reden«, frage ich fast synchron mit Malcolm.

Malcolm lacht leise und ich senke kurz den Blick.

»Du zuerst«, sage ich schließlich.

»Okay, also ...« Malcolm räuspert sich und rutscht unruhig auf dem Sessel herum.

»Oder ich fange an«, nehme ich meinen ganzen Mut zusammen, aber Malcolm schüttelt den Kopf und ich verstumme direkt wieder.

»Nein, ich weiß, was du mir sagen willst.« Malcolm beugt sich zu mir vor. Ich glaube, dass seine Augen etwas feucht sind. »Ich weiß es schon. Slater ...« Malcolm sieht weg und wischt sich durchs Gesicht.

Slater hat also wirklich gequatscht.

Das hätte ich nicht von ihm gedacht, aber gut. Malcolm weiß also Bescheid und scheint zwar geschockt zu sein, doch immerhin hat er mich noch nicht zum Teufel gejagt.

»Und ... wie denkst du darüber? Kriegen wir das hin?«, frage ich vorsichtig.

Irgendwie habe ich mir eine andere Reaktion gewünscht. Dass Malcolm sich freut vielleicht. Dass er mich zumindest in den Arm nimmt und mir versichert, dass wir es gemeinsam schaffen werden. Ich hatte auf irgendeine Reaktion gehofft, die meine eigenen Zweifel verschwinden lässt.

Malcolm atmet durch und ich spüre, wie nahe ihm die ganze Sache geht. »Ich weiß es nicht«, gibt er schließlich zu.

Ich nicke. Das ist immerhin besser als ein Nein. Trotzdem bin ich enttäuscht. Ich bin doch schon diejenige, die nicht weiter weiß. Malcolm ist der Mann, der eigentlich immer einen Masterplan hat. Er muss auch heute einen haben, so läuft das normalerweise bei uns.

»Ich meine, ich hätte das nicht gedacht«, fährt Malcolm fort. »Nach so kurzer Zeit ... Ich dachte, zwischen uns wäre alles gut so, wie es ist und jetzt das.«

»Es ist ja eigentlich auch gut so, wie es ist«, sage ich.

Was denkt er denn, dass ich mit Absicht schwanger geworden bin, weil ich dachte, dass ein Baby so toll zu meinem Uniabschluss und der Cheerleading-Karriere passt?

»Aber ich habe mir das doch nicht ausgesucht.«

Malcolm gibt ein fassungsloses Zischen von sich. »Sag jetzt nicht, dass es einfach so passiert ist.«

Jetzt bin ich es, die ungläubig lachen muss. »Aber so war es! Denkst du, ich habe das geplant?!«, frage ich ungehaltener, als ich eigentlich will.

»Für mich sieht es schon ziemlich danach aus, Abby!« Auch Malcolm ist jetzt sauer.

Ist das denn zu fassen?

»Ich habe die Pille nicht abgesetzt, wenn du das damit andeuten willst«, fauche ich.

»Wäre ja auch noch schöner! Das meine ich bestimmt nicht damit, dass es geplant aussieht. Dass du mit ihm nicht gleich eine Familie gründen willst, ist mir schon klar! Das macht aber rein gar nichts besser!« Malcolm hat sich in seinem Sessel zurückgelehnt und auch wenn ich merke, dass er vor Wut nur so kocht, spüre ich auch die Traurigkeit und die Verzweiflung, die ihn ergriffen hat.

»Mit ihm? Von wem zum Geier redest du?«, frage ich. Ich bin von Malcolm viel Quatsch gewöhnt und normalerweise mag ich seinen Humor. Dass er jetzt in der dritten Person von sich redet, erscheint mir gerade trotzdem ziemlich unpassend.

»Na, von Slater natürlich! Oder gibt es noch mehr Typen, mit denen du hinter meinem Rücken bumst?«

»Was?«, frage ich empört. Ist das sein Ernst? Nur weil ich ungewollt schwanger geworden bin, bin ich noch lange keine Schlampe, die mir jedem Kerl ins Bett springt!

»Ist doch wahr.« Malcolm verschränkt die Arme. »Anscheinend reiche ich dir ja nicht.«

Jetzt verstehe ich gar nichts mehr. Wie kommt er darauf, dass er mir nicht reichen würde? Es ist doch nicht so, dass ich gesagt hätte, Malcolm allein reicht mir nicht mehr, ich brauche dringend noch ein Kind dazu.

Ich schüttle den Kopf. »Ich hätte nicht gedacht, dass du so reagierst«, flüstere ich und spüre, dass mir die Tränen kommen. »Ich habe geglaubt, wir beide würden das zusammen hinbekommen.«

Malcolm sieht mich an und ich sehe, dass auch über seine Wange eine Träne läuft. »Aber wenn das Vertrauen einmal zerstört ist ...«

»Das Vertrauen zerstört? Wieso das denn? Ich wusste es doch noch gar nicht lange! Ich habe erst vorgestern Abend den Test gemacht und ich brauchte einfach ein bisschen Zeit, um über alles nachzudenken. Ich wollte damit ganz bestimmt nicht dein Vertrauen missbrauchen, Malcolm! Es waren nur zwei Tage. Zwei Tage! Ich war so durcheinander, dass ich einfach erstmal nachdenken musste ...«

Malcolm öffnet den Mund, um etwas zu sagen, dann schließt er ihn wieder und sieht mich entgeistert an. »Moment mal, wovon redest du?«

Ich erwidere seinen Blick irritiert. »Wovon redest *du* denn?«

»Davon, dass du mit Slater Thorn ins Bett gehst.«

Ich sehe Malcolm an, sehe weg, sehe ihn wieder an und glaube, mich verhört zu haben.

»Wie ... wie bitte?« Mit einem Mal werde ich von Fassungslosigkeit und Wut erfasst.

Das denkt er von mir? Dass ich ihn betrügen würde?! Ich dachte, dass zwischen uns beiden wäre etwas Ernstes. Etwas Echtes und Gutes, das über diesem ganzen Uni-Beziehungs-Mist steht.

Plötzlich wird es mir zu eng in dem Strandhaus. In diesem Wohnzimmer. In Malcolms Nähe.

Ich stehe auf und eile in den Flur.

»Abby, warte!«

Ich reiße meine Jacke von der Garderobe und wische mir die Tränen weg, die mir über die Wangen laufen und einfach nicht aufhören wollen.

»Abby, was ...?« Malcolm fasst mich am Arm und ich fahre zu ihm herum.

»Ich bin schwanger, du Idiot! Ich habe dich nicht betrogen!« Damit reiße ich mich los und stürme nach draußen.

»Was, aber ... Abby!«

»Lass mich!« Ich werfe die Tür hinter mir zu und renne los. Bis Malcolm seine Schuhe anhat und mir gefolgt ist, sitze ich längst in meinem Auto.

Ich muss hier weg.

Die Enttäuschung über Malcolms Verdacht hat mich tief getroffen und mir eins gezeigt: Wir sind anders, als ich dachte.

Im Endeffekt können wir gemeinsam gar nichts schaffen.

Wir vertrauen einander nicht und ganz gewiss können wir auch kein Baby zusammen großziehen.

KAPITEL 4

MALCOLM

Ich stehe vor Abbys Wohnungstür, ihre Tasche in der Hand, und klingle zum zehnten Mal, aber sie macht einfach nicht auf. Dabei muss ich dringend mit ihr reden, schließlich habe ich mich gerade ziemlich zum Idioten gemacht und sie ist ...

Schwanger. Oh Mann.

Diese Neuigkeit muss erstmal richtig bei mir ankommen.

Abigail bekommt ein Baby, und zwar von mir.

Alles, was ich befürchtet habe, hat sich als kompletter Unsinn herausgestellt. Abby hat mich nicht betrogen und sie hat auch kein Problem damit, dass ich nicht aussehe wie ein Superheld. In Wahrheit hat sie sich nur nicht getraut, mir zu erzählen, dass sie schwanger ist.

Schwanger.

Es ist unglaublich, wie schwer sich das menschliche Hirn manchmal damit tut, Informationen zu verarbeiten. Diese Sache mit der Schwangerschaft will und will einfach nicht richtig bei mir ankommen.

Wenn ich schon so durcheinander bin, möchte ich gar nicht wissen, wie es Abby geht. Sie hat den Test allein gemacht und musste das Ergebnis auch ohne mich verarbeiten. Dabei wäre ich liebend gerne an ihrer Seite gewesen, um ihr Kraft zu geben. Ich will auch jetzt am liebsten bei ihr sein, aber sie macht einfach die Tür nicht auf, egal, wie oft ich noch auf diese blöde Klingel drücke.

»Abby, mach bitte auf.« Ich lege mein Ohr an das Holz der Tür und lausche. Von drinnen ist nichts zu hören.

Kein Gepolter, kein Schluchzen, nicht einmal eine Beschimpfung, die ich wirklich verdient hätte.

Und plötzlich kommt mir ein Gedanke: Vielleicht ist sie gar nicht zuhause.

Schnell hole ich mein Handy heraus, um die Ortungs-App aufzurufen.

Laut GPS-Signal befindet sich Abby genau hier. Also muss sie zuhause sein.

Na schön. Dann rufe ich sie jetzt an.

Ich stelle Abbys Tasche ab, lehne mich mit dem Rücken an ihre Wohnungstür und rechne fest damit, dass sie aufmachen wird, kaum, dass ich mich gegen das Holz gelehnt habe. Dass ich ihr so bescheuert entgegen stolpere, sieht mir ähnlich. Doch nichts dergleichen passiert, also hole ich mein Smartphone aus meiner Jackentasche und rufe sie an.

Das Klingeln ihres Handys ist zu hören – allerdings nicht aus der Wohnung, sondern ...

Ich senke den Blick in Richtung Boden auf Abbys Handtasche.

Was bin ich doch nur für ein Vollidiot!

Abby hat bei ihrem überstürzten Aufbruch nicht nur ihre Handtasche stehen lassen – auch ihr Handy befindet sich darin. Ich kann also lange versuchen, sie zu orten und anzurufen.

»Scheiße, Scheiße, Scheiße!«, schimpfe ich.

Wie soll ich sie denn jetzt finden?

Im nächsten Moment geht die Tür der gegenüberliegenden Wohnung auf und Suzan, eine von Abbys Freundinnen, späht verschlafen in den Flur.

»Malcolm?« Sie reibt sich die Augen und mir wird klar, dass wir schon ziemlich spät haben müssen. »Was machst du für einen Krach?«

»Suzan, ist Abby bei dir?«

Suzan schüttelt den Kopf. »Nein. Warum? Ist etwas passiert?«

Ich weiß nicht, ob Abby schon mit ihren Freundinnen über die Schwangerschaft gesprochen hat, also schüttle ich den Kopf. »Nur ein kleiner Streit.«

»Versuch es mal bei Grace«, rät mir Suzan. Grace ist wie Abby und Suzan ebenfalls im Team der Firebirds. Es ist also eine gute Idee, wenn ich es bei ihr probiere.

»Danke, das mache ich. Kannst du Abby die hier geben, wenn du sie siehst?« Ich gebe Suzan die Tasche.

»Na klar, gleich morgen. Gute Nacht, Malcolm. Und viel Glück.«

»Danke, das kann ich gebrauchen.«

Suzan lächelt mir müde zu, dann schließt sie die Tür.

Ich bleibe vor Abbys Wohnungstür stehen und frage mich, ob ich wirklich zu Grace fahren oder Abigail etwas Zeit zum Nachdenken geben soll.

Was würde ich in ihrer Situation wollen?

Ich lasse mir unser Gespräch nochmal durch den Kopf gehen und stelle fest, dass ich wirklich jeden Satz von ihr falsch ausgelegt habe. Ich war so fest davon überzeugt, dass sie mir einen Seitensprung mit Slater beichten würde, dass einfach jeder ihrer Sätze perfekt zu meiner These gepasst hat.

Im Nachhinein erscheint mir alles, was ich gesagt habe, ziemlich schwachsinnig.

Ich habe mich komplett idiotisch aufgeführt.

Abby braucht jetzt jemanden, der ihr zur Seite steht und niemanden, der sie mit haltlosen Vorwürfen bombardiert.

Sollte ich sie heute Nacht nicht bei Grace antreffen, werde ich sie spätestens morgen nach der Uni finden. Um vierzehn Uhr steht das Eishockeytraining an, zu dem ich gehen werde. Danach kommen die Firebirds aufs Eis. Also weiß ich, wo ich Abby um sechzehn Uhr finden kann.

Dann werde ich ihr klarmachen, dass sie nicht allein ist.

Ihre Schwangerschaft ist nichts, wovor sie Angst haben muss.

Ich werde für sie da sein.

Das nehme ich mir fest vor.

ABIGAIL

In der fliederfarben gestrichenen Küche ihrer kleinen WG, in der sie mit Kelly wohnt, setzt mir Mia einen Tee vor. Obwohl ich fast nie Alkohol trinke, wäre mir jetzt etwas Stärkeres lieber, aber das geht natürlich nicht.

»Schläft Kelly?«, frage ich leise und lege meine Hände an die Tasse, um meine kalten Hände zu wärmen.

Mia nickt. Sie hat die Küchentür geschlossen und ich bin ihr dankbar dafür, denn die Letzte, die ich bei diesem Gespräch dabei haben will, ist Malcolms beste Freundin.

»Er hat es nicht gut aufgenommen«, vermutet Mia und setzt sich zu mir an den Tisch.

Natürlich wusste sie schon von der Schwangerschaft. Ich habe Slater erlaubt, mit ihr darüber zu reden und sie hat mich vorhin beim Cheerleader-Training kurz zur Seite genommen, um mir viel Glück für mein Gespräch mit Malcolm zu wünschen.

Leider umsonst.

»Er hat es eigentlich gar nicht aufgenommen«, sage ich und blicke aus brennenden Augen in die dampfende Flüssigkeit. »Wir haben total aneinander vorbeigeredet. Zuerst habe ich gar nicht kapiert, was er von mir wollte. Und als ich es dann kapiert habe, war ich einfach nur noch sauer.« Ich sehe Mia an.

Wie meistens ist sie ungeschminkt, aber mit ihrem glänzenden braunen Haar ist sie trotzdem total hübsch. Außerdem hat sie einfach etwas Nettes an sich. Sie war mir gleich sympathisch, als wir uns das erste Mal begegnet sind, und ich bin froh, dass wir in den letzten Monaten Freundinnen geworden sind. Nicht, dass ich Suzan und Grace, meine eigentlich besten Freundinnen, nicht lieben würde. Doch Mia ist ganz anders. Ich möchte sie nicht mehr missen und allein schon deswegen fallen mir die nächsten Worte nicht leicht – auch wenn das eigentlich Unsinn ist.

»Er war der Meinung, dass ich ihn betrogen hätte. Mit Slater.«

Mias grüne Augen werden noch größer, als sie ohnehin schon sind.

»Das ist Unsinn, das weißt du doch?«, vergewissere ich mich.

Mia lacht ungläubig. »Klar weiß ich das. Aber wie kommt er denn darauf?«

Ich hebe die Schultern. »Ich weiß es nicht, aber eigentlich ist das doch auch egal. Das Schlimme ist, dass er mir sowas zutraut. Weißt du, ich ...« Meine Kehle schnürt sich zu und ich kann einen Moment lang gar nichts sagen. Als ich es schließlich doch hinbekomme, hört sich meine Stimme dünn und zittrig an. »Ich habe immer gedacht, er ist der Einzige, der was anderes in mir sieht als die dumme blonde Cheerleader-Tussi, die leicht zu haben ist. Aber heute Abend ...«

Mia legt ihre Hand auf meinen Arm und ich wische mir über die Augen.

»Ich bin noch nie fremdgegangen, noch nie!« Ich schniefe. »Ich dachte wirklich für einen Moment, dass wir es schaffen können. Als Familie. Aber das war total dumm von mir.«

Wir sind schließlich gerade erst seit zwei Monaten zusammen, wir kennen uns eigentlich kaum. Im Grunde war es vielleicht sogar falsch, schon nach so kurzer Zeit von Kondomen auf die Pille umzusteigen. Doch der Sex mit Malcolm war so schön und intensiv, dass ich ihn einfach voll und ganz spüren wollte. Leider habe ich den Fehler gemacht, die Pille nicht immer zur selben Tageszeit zu nehmen – meine Frauenärztin hat es mir nicht gesagt und ich habe die Packungsbeilage nicht gelesen. Dafür könnte ich mich jetzt selbst ohrfeigen.

Mia lässt mir einen Moment und streicht mit den Fingern über meinen Unterarm. Ich trinke einen Schluck Tee und sie wartet, bis ich die Tasse wieder abgestellt habe. Dann fragt sie: »Und was hast du jetzt vor?«

Was ich jetzt vorhabe? Woher soll ich das denn wissen? Malcolms Verdacht hat mich tief verletzt – und das in einem Moment, in dem ich sowas weniger denn je gebrauchen kann.

Weil es gerade eigentlich nicht um mich geht, sondern um die Frage, was mit dem ungeborenen Baby in meinem Bauch passieren soll.

Der Kloß in meinem Hals wird zu einem harten Knoten, der hinunter in meinen Magen sackt.

»Ich weiß es nicht«, gebe ich zu. »Einerseits will ich Kinder haben. Aber später, nicht jetzt. Ich stecke mitten im Studium, ich habe das Cheerleading, ich mag mein Leben so, wie es ist.«

Wenn ich mit der Uni fertig bin, will ich weiter Cheerleaderin sein und mir nebenher eine Karriere als Trainerin aufbauen, und bisher erschien mir das alles so machbar. Wenn ich ein Baby hätte ...

Ein Kind würde alles verändern, und das nicht nur für mich. Malcolm hat nächsten Sommer seinen Abschluss und wird sich dank seiner fantastischen Noten einen Traumjob aussuchen können.

Doch würde das auch noch gelten, wenn er ein junger Vater wäre?

»Ich glaube nicht, dass wir das packen«, sage ich leise, auch wenn es mir schwerfällt. Ich komme mir wie eine Verräterin an dem winzigen Wesen vor, das in mir heranwächst, und das tut weh. Ich hatte gehofft, dass ich mich nach dem Gespräch mit Malcolm besser fühle, doch stattdessen kommt es mir vor, als würde mir alles nur noch mehr entgleiten.

Einen Moment lang spüre ich Mias Blick auf mir und ich erwarte schon, dass sie widerspricht.

Stattdessen drückt sie meinen Arm und sagt: »Vielleicht kann ich dir zumindest ein bisschen helfen. Ich habe mich heute Nachmittag umgehört und ...«

Sie steht auf und geht leise in die Diele. Ich höre sie herumkramen, dem Rascheln des Stoffs nach in ihrem Rucksack. Dann kommt sie wieder und breitet einen ganzen Berg mit Broschüren vor mir aus.

Ich ziehe die Brauen in die Höhe. »Warst du in sämtlichen Beratungsstellen in ganz Kalifornien?«

Mia lacht leise. »Nur an der Uni und bei meinem Frauenarzt.«

Ich sehe mir die Heftchen an. Manche beschäftigen sich mit dem Für und Wider einer ungeplanten Schwangerschaft. Andere klären über das Thema Abbruch auf. Es sind auch ein paar Pro-Life-Flyer dabei, die ganz eindeutig gegen Abtreibungen sind.

Mia verzieht das Gesicht. »Ich habe sie durchgesehen. Es sind keine gefakten Gruselbilder von abgetriebenen Babys darin.«

Ich nicke und blättere eines der Heftchen auf. Tatsächlich geht es darin mehr um Hilfsangebote für junge Mütter und die psychischen Folgen, die es haben könnte, wenn man das Baby nicht behält.

Wie fühlt man sich, wenn man eben noch schwanger war – und plötzlich ist man es nicht mehr?

Wie ist diese Situation für den Vater?

Ich schlucke hart, als ich an Malcolm denken muss und mir wieder übel wird, weil eine ganze Flut neuer

Gedanken und Empfindungen auf mich einströmt. Wie wäre es für ihn, wenn ich die Schwangerschaft abbreche? Könnte er damit umgehen? Könnte er mir noch in die Augen sehen?

Wäre es ihm vielleicht sogar lieber, wenn ich es tue?

Es wäre definitiv der leichtere Weg für uns beide – oder?

Ich weiß einfach gar nichts mehr.

»Vielleicht nimmst du dir das mit und liest es dir in Ruhe durch«, schlägt Mia vor.

Ich weiß nicht. Mein Kopf wägt doch sowieso schon die ganze Zeit das Für und Wider ab, und was bringt es mir? Dass ich mich immer mieser fühle.

»Ich mache uns neuen Tee«, sagt Mia, steht auf und wendet sich ab.

»Danke, aber ich werde jetzt gehen«, sage ich und schnappe mir schnell eines der Prospekte. »Ich weiß nicht, was ich ohne dich heute Abend gemacht hätte.«

»Willst du hier schlafen?«, fragt Mia sofort, aber ich schüttle den Kopf.

»Ich muss eine Weile allein sein.«

Damit stehe ich auf und spüre tief in mir drin, dass ich eigentlich ganz und gar nicht allein sein will. Doch die einzige Person, die mir jetzt helfen könnte, ist gerade so weit von mir entfernt wie noch nie, und das tut richtig weh.

MALCOLM

Bei den Eagles steht heute Beweglichkeits-Training auf dem Eis an. Ich habe höllischen Muskelkater von der letzten Einheit, bin aber trotzdem dabei. Mir ist klar, dass ich das eigentlich nicht müsste. Der Grund, aus dem ich mit dem Training begonnen habe, ist schließlich hinfällig. Gestern auf dem Platz habe ich jedoch festgestellt, dass mir der Sport hilft, mich von allem anderen abzulenken, und genau das brauche ich jetzt gerade.

Zumindest, bis nach dem Training der Eagles das der Firebirds beginnt und ich endlich mit Abigail reden kann.

Die meiste Zeit müssen wir im Slalom um Hütchen fahren, die in immer kleineren Abständen aufgestellt werden. Ich komme aus einer kalten Gegend und kann einigermaßen Schlittschuh laufen, trotzdem liege ich mehr, als dass ich stehe. Ich rapple mich immer wieder auf und fahre weiter, aber ich bin einfach nicht bei der Sache.

Die ganze Nacht habe ich wachgelegen und nachgedacht, oder es zumindest versucht. Es fällt mir immer noch extrem schwer, die Neuigkeit, die ich gestern erfahren habe, wirklich zu kapieren.

Abby ist schwanger. Wir bekommen ein Kind, wir werden eine Familie.

Dabei weiß ich noch nicht mal, wie es sich anfühlt, Teil einer richtigen Familie zu sein. Dass sich das nun ändern soll, überwältigt mich auf gewisse Weise total. Es ist nicht so, dass ich mich überfordert fühlen würde. Eher ... herausgefordert.

Bald ist da ein Baby, das mich brauchen wird. Mir ist klar, dass ich alles dafür geben werde – für das Kind und Abby.

Plötzlich erwischt mich etwas am Bein, ich strauchle und lande wieder auf dem Eis, während einer der Spieler an mir vorbei zischt.

Ich erkenne ihn an seinen Trainingssachen. Es ist Matt.

»Musst halt schneller sein, Rotschopf!«, ruft er und durchfährt den Slalom so mühelos, als hätte er nie was anderes gemacht.

Jenson, der der Nächste in der Reihe ist, stoppt, um mir hochzuhelfen. »Stör dich nicht an Matt, der war schon immer ein Arsch. Wäre er nicht so gut auf dem Eis, hätte ihn Ridley längst rausgeworfen.«

»Schon okay«, sage ich, denn obwohl ich mir sowas normalerweise nicht gefallen lassen würde, gilt heute das Gleiche wie gestern: Was Matt macht und was nicht, ist mir im Moment total egal. Ich glaube, er könnte mir gerade auch ins Gesicht schlagen und es würde mich nicht interessieren.

»Kannst du weitermachen?«, fragt Jenson.

Ich nicke, er klopft mir zufrieden auf den Rücken und setzt sich als Erster wieder in Bewegung, um sich für die nächste Runde anzustellen.

Ich folge ihm, aber weit komme ich nicht.

»Hey, Malcolm! Du blutest!«, ruft auf einmal Tom.

»Sofort vom Eis«, bestimmt Ridley.

Verwirrt sehe ich an mir runter und stelle fest, dass sich dort, wo ich langgefahren bin, tatsächlich ein paar Tropfen Blut auf der strahlend weißen Fläche befinden. Meine Hose ist am Bein aufgerissen und ebenfalls etwas blutig.

Shit. Blut kann ich nicht gut sehen; wobei das eigentlich nicht ganz stimmt. In erster Linie sind es Blutstropfen, die ich nicht sehen kann. Das hat wohl mit früher zu tun, zumindest haben …

»Nicht umkippen, Kumpel.«

Slater kommt angefahren und packt mich am Arm, um mich vom Eis zu bringen.

Ich sehe einfach nach vorn und versuche, mir nicht vorzustellen, dass ich eine Spur aus roten Punkten hinter mir herziehe.

»Matt hat dich wahrscheinlich mit seiner Kufe erwischt.« Slater wirft einen Blick hinter sich. »Ridley scheißt ihn schon zusammen.«

»Okay«, sage ich nur und kämpfe das Schwindelgefühl nieder.

Slater hilft mir auf die Bank, geht vor mir in die Hocke und fängt direkt an, meinen Schuh aufzuschnüren.

»Geh ruhig wieder zum Training, das schaff ich schon allein. Ist sicher nur 'n Kratzer«, sage ich.

»Blödsinn«, erwidert Slater. »Wir sind ein Team. Na ja, so in der Art.«

Ich erwidere nichts – zumindest nicht zu dem Thema. Stattdessen gebe ich mir einen Ruck, denn es gibt etwas anderes, worüber wir reden sollten.

»Slater?«

Er sieht zu mir auf.

»Als Abby neulich bei dir war …«

Slater öffnet den Mund, um etwas zu erwidern, zögert jedoch.

»Ich habe das in den falschen Hals bekommen und ihr ein paar ziemlich unschöne Vorwürfe gemacht. Aber ich schätze, in Wahrheit hat sie mit dir … über was Bestimmtes reden wollen, oder?«

Da ich mir nicht sicher bin, dass Slater wirklich davon weiß, spreche ich das Wort Schwangerschaft nicht aus. Doch Slaters nächste Worte bestätigen mich in meiner Vermutung.

Er hebt die Schultern. »Tut mir leid, dass ich es vor dir wusste.«

Er wirkt aufrichtig zerknirscht, dabei bin ich noch nicht einmal sauer. Ich verstehe ja, dass Abby sich erstmal Rat bei ihren Freunden geholt hat, bevor sie mit mir reden wollte. Nur leider habe ich das komplett falsch verstanden.

Ich verziehe das Gesicht. »Nein, mir tut meine Verdächtigung leid. Ich habe mich wie der letzte Vollpfosten aufgeführt.«

»Halb so wild.« Slater widmet sich wieder meinem Bein. »Das passiert uns allen mal.«

»Klar, aber ich glaube, ich habe sie wirklich verletzt. Wenn sie gleich kommt, muss ich unbedingt mit ihr reden und das aus der Welt schaffen.«

Slater nickt. »Gute Idee. Sie braucht dich jetzt mehr denn je, Malcolm.« Er steht auf und deutet mit einem angedeuteten Grinsen auf mein Bein. »Ist übrigens echt nur ein Kratzer, etwas tiefer, aber nicht weiter schlimm. Ich hol dir ein Pflaster, dann kann es weitergehen.«

Er ist schon auf dem Weg zu dem kleinen Notfallkasten an der Wand im Kabinengang, als ich ihm nachrufe: »Slater.«

Über die Schulter sieht er zu mir und ich hebe die Schultern. Ich glaube, um ihm zu signalisieren, dass ich selbst nicht weiß, weshalb ich gerade ihn das frage.

»Denkst du, das wird wieder? Dass sie mir verzeiht, meine ich?«

»Ihr liebt euch doch«, sagt Slater, mehr nicht, aber das reicht eigentlich auch.

Damit verschwindet er und ich kann es nicht erwarten, dass Abigail auftaucht. Wir gehören zusammen und jede Sekunde, die ich daran gezweifelt habe, war eine verschwendete Sekunde.

Das weiß ich jetzt.

Die Firebirds kommen aus dem Kabinengang. Eine Cheerleaderin nach der anderen betritt die Eisfläche. Ein paar von ihnen bleiben direkt an der Bande stehen und quatschen miteinander. Andere flirten mit den Jungs aus dem Team und wieder andere fahren anmutig ein paar Runden. Ich sehe mir jede Einzelne von ihnen an und suche nach Abby.

Slaters Freundin Mia habe ich bereits entdeckt. Sie kommt auf mich zugefahren und erst, als sie verliebt lächelt, wird mir klar, dass Slater neben mir stehen muss.

Die beiden umarmen und küssen sich – allerdings nur kurz. Dann löst sich Slater von Mia und legt ihr einen Arm um die Hüfte.

»Ist Abigail noch in der Kabine?«, fragt er seine Freundin, was ich ihm hoch anrechne.

Mia sieht erst Slater und dann mich an, wobei ihr Blick eine Spur besorgter wird. »Ich hatte gehofft, du wüsstest, wo sie ist, Malcolm.«

Ich schüttle den Kopf und ein ungutes Gefühl macht sich in mir breit. »Vielleicht ist sie einfach krank«, mutmaße ich, auch wenn ich es besser weiß.

Das Cheerleading ist Abby wichtig. Erst letzten Monat hat sie sich mit einer waschechten Grippe zum Training geschleppt. Sie wird es ganz sicher nicht einfach so ausfallen lassen.

»Ich glaube nicht«, murmelt Mia, dann wechselt sie einen kurzen Blick mit Slater, der mir gar nicht gefällt, weil er mir zeigt, dass die beiden mehr wissen als ich.

»Hey, was ist los? Raus damit. Wo ist Abby?« Langsam wird das ungute Gefühl zu echter Sorge.

Gestern habe ich die Suche aufgegeben, nachdem ich Abby auch bei Grace nicht antreffen konnte. Ich habe gedacht, dass sie einfach bei einer anderen Freundin ist und nicht gefunden werden will. Aber jetzt ...

»Sie war gestern bei mir und ...« Mia sieht wieder zu Slay, der ihr aufmunternd zunickt. »Ich habe ihr ein paar Beratungsbroschüren besorgt. Über Schwangerschaften und die verschiedenen Möglichkeiten ...«

Verschiedene Möglichkeiten?

Was soll es denn da für Möglichkeiten geben? Abigail und ich lieben einander und wir sind beide volljährig. Sie wird dieses Baby kriegen und wir werden es gemeinsam großziehen – oder nicht?

»Ich versteh nicht ... Redest du von einer Abtreibung?« Meine Kehle fühlt sich an, als würde Slater seine großen Hände darumlegen und zudrücken und mir wird kalt, auch wenn ich bis gerade noch geschwitzt habe wie verrückt.

Mia sieht mich an und ich erkenne, dass sie ein schlechtes Gewissen plagt. Was hat sie Abigail gestern erzählt?

»Ich habe für Abby ein paar Prospekte besorgt, weil ich mir gedacht habe, dass sie ziemlich durcheinander sein muss. Sie hat dann eine Broschüre mitgenommen, aber ...«

Dieses Gestammel von Mia gefällt mir überhaupt nicht. An ein paar Infobroschüren ist nicht Verkehrtes. Warum wirkt sie dann so schuldbewusst?

»Aber?«, dränge ich sie.

Slater zieht seine Freundin enger an sich, wahrscheinlich, um ihr zu signalisieren, dass er für sie da ist. Egal, was sie jetzt sagt.

»Als ich aufgeräumt habe, nachdem sie weg war, habe ich gesehen, dass es ein Infoheft über Schwangerschaftsabbrüche war.«

Moment mal.

Moment.

Gestern erfahre ich, dass ich Vater werde und heute soll es das schon wieder gewesen sein?

»Heißt das, sie ist gerade ...?«, beginne ich, bringe es aber nicht fertig, den Satz zu Ende zu formulieren.

»Ich weiß es nicht«, gibt Mia zu. »Und es tut mir leid.«

Sie trifft keine Schuld. Dass man bei einer ungewollten Schwangerschaft alle Möglichkeiten in Betracht zieht, ist doch normal. Und dass Mia Abby Infomaterial besorgt, ist wirklich nett. Ich bin froh, dass Abigail zumindest mit Mia geredet hat und nicht völlig allein war. Doch gleichzeitig macht es mich unendlich traurig und lässt mich absolut hilflos zurück.

»Das kann doch nicht wahr sein ...« Ich sehe fassungslos von Slater zu Mia. »Sie kann doch nicht einfach losziehen, ohne vorher vernünftig mit mir geredet zu haben!«

»Beruhig dich«, bittet mich Slay. »Soweit ich weiß, kannst du nicht einfach in ein Krankenhaus gehen und eine Abtreibung verlangen.«

Mia nickt und legt mir eine Hand auf die Schulter. »Es wird erstmal Beratungsgespräche geben. Du musst dir also keine Sorgen machen, dass es zu spät sein könnte.«

Das ist es gar nicht. Natürlich fände ich es schrecklich, wenn Abigail die Entscheidung aus einem Streit heraus übers Knie brechen würde. Doch so ist sie nicht.

Was ich in Wahrheit so schlimm finde, ist der Gedanke daran, dass sie glaubt, allein mit der Entscheidung zu sein. Dass sie ohne mich zu einem Beratungsgespräch geht, dass sie sich von mir im Stich gelassen fühlt. Dabei will ich nichts weiter, als ihr beistehen.

Egal, wofür sie sich letztlich entscheidet – sie muss da nicht allein durch.

»Ich werde sie suchen«, sage ich.

Gott sei Dank haben wir uns für die Ortungs-App entschieden. Sofern Suzan meiner Freundin die Tasche heute Morgen zurückgegeben hat, wird sie es mir leicht machen, herauszufinden, wo sie ist.

Ich werde Abby finden und dann werde ich ihr klarmachen, dass wir beide zusammengehören.

Dass wir, wenn sie das auch möchte, bald eine kleine Familie sein können.

ABIGAIL

Ich sitze wie versteinert im Auto vor der Klinik. Um mich herum wehen die bunten Herbstblätter durch die Luft, die Oktobersonne taucht alles in ein goldenes Licht. Im Wagen ist es mittlerweile ziemlich kalt, trotzdem bringe ich es nicht fertig, auszusteigen.

Das schlichte, graue Gebäude der Klinik wirkt abschreckend auf mich, auch wenn keine Abtreibungsgegner davor stehen und grausame Plakate hochhalten wie in anderen amerikanischen Bundesstaaten. Obwohl ich nur hier bin, um mich beraten zu lassen, käme es mir abermals wie ein Verrat an dem ungeborenen Baby in meinem Bauch vor, wenn ich auch nur aussteigen würde.

Ich will keinen Schwangerschaftsabbruch, aber ein Kind bekommen möchte ich auch nicht. Zumindest glaube ich das. Die ganze Nacht über hatte ich Albträume. Von einem Leben ohne Malcolm in einem Trailerpark mit einer Horde von Kindern, der ich nicht gerecht werden kann. Ich habe mich als alte, verbitterte Frau gesehen, die viel zu früh all ihre Träume aufgeben musste ...

All meine Träume.

Spielen die überhaupt noch eine Rolle? Ist es nicht total unwichtig, was ich denke, jetzt, wo ein Leben in mir heranwächst, für das ich Verantwortung trage?

Kann ich überhaupt Verantwortung tragen? Bisher musste ich das nie. Und auf einmal soll ich dazu gezwungen werden, von einem Tag auf den nächsten?

Ich presse mir die Handflächen auf die Augen, als ich schon wieder heulen muss.

Muss ich mein Leben jetzt komplett zurückstellen, nur, weil ich einmal einen Fehler gemacht habe? Ich weiß nicht, was das Richtige ist, und ich habe einfach nur furchtbare Angst davor, etwas zu tun, das ich später bereuen werde.

Mir kommt es vor, als wäre jede Entscheidung, die ich treffen könnte, die falsche.

Ich und ein Baby …

Wie soll denn das funktionieren? Ich bin viel zu unorganisiert für ein Kind.

Malcolm wäre ein großartiger Vater. Ruhig, besonnen, witzig und absolut liebevoll. Ich bin mir sicher, dass er unser Kind bedingungslos lieben würde und immer Rat wüsste, selbst, wenn ich längst verzweifle.

Aber ich allein?

Auch wenn mein Image nach außen hin absolut tadellos ist, bin ich ein Chaot und ich tauge ganz bestimmt nicht als Mutter.

Was könnte ich einem Kind schon von mir geben? Ihm beibringen? Von mir könnte ein Baby höchstens lernen, wie man Pompons schwingt und Schlittschuh läuft.

Wieder werde ich von einem Schluchzer geschüttelt.

Was soll ich nur machen?

Ich bin total verunsichert und würde am liebsten wieder umdrehen und mich zuhause im Bett verkriechen. Doch dann hat dieser Albtraum nie ein Ende.

Wenn Malcolm doch nur bei mir wäre …

Er wüsste sicher Rat, aber leider ist er nicht hier.

Ich wische mir die Tränen aus dem Gesicht und sehe wieder zur Klinik.

Ein harmloses Beratungsgespräch ist doch nicht verwerflich, oder? Ich könnte wirklich jemanden gebrauchen, der sich auskennt und mit dem ich über meine Lage sprechen kann …

Es ist zwar lieb von Mia und Slater, dass sie versprechen, hinter mir zu stehen, egal, was ich tue. Eine Entscheidung abnehmen oder mir auch nur etwas raten können sie jedoch auch nicht. Dafür brauche ich schon Experten.

Ich atme durch, dann steige ich schweren Herzens aus dem Auto und der Herbstwind erfasst mich. Während ich auf die Klinik zugehe, zerrt er an meinen Kleidern und trägt eine verzweifelte Stimme mit sich.

»Abby, nein! Warte! Abby!«

Auf dem gepflasterten Pfad, der aus Richtung der Bushaltestelle zum Eingang der Klinik führt, bleibe ich wie angewurzelt stehen und drehe mich langsam um.

Malcolm kommt mit hochrotem Kopf auf mich zu gerannt und ich glaube einen Moment, dass ich träume.

Dann bleibt er schwer atmend vor mir stehen und sieht mich flehend an. »Bitte, warte auf mich! Du musst das nicht allein durchstehen.«

Sprachlos blicke ich ihn an.

Gerade habe ich mich wegen seiner bescheuerten Verdächtigungen noch so von ihm allein gelassen gefühlt und jetzt steht er hier – in einem knallroten Hoodie, mit verwuscheltem Haar und einem Ausdruck in den Augen, wie ich ihn noch nie an ihm gesehen habe.

Ich erkenne, wie sehr er mich liebt und wie sehr er das mit uns will.

Mit uns allen dreien; mir, ihm und unserem Baby.

Und ich kann nicht mehr anders, als ihm in die Arme zu fallen.

Sofort umarmt er mich ebenfalls und hält mich ganz fest, und mir wird klarer denn je, wie mir das in den letzten Tagen gefehlt hat.

»Tut mir so leid«, flüstert er.

Ich vergrabe den Kopf an seiner Schulter und möchte etwas erwidern, aber zugleich möchte ich es nicht. Für ein paar Minuten will ich einfach mit ihm hier im Herbstwind stehen, mich von ihm wärmen lassen und genießen, dass er da ist.

»Lass uns in Ruhe über alles reden«, schlägt er irgendwann vor.

Mit einem Mal fühle ich mich, als wäre ich von einem kurzen Ausflug ins Ungewisse nach Hause zurückgekehrt – so geborgen, wie ich mich bei ihm immer gefühlt habe.

Eine Dreiviertelstunde später parkt Malcolm meinen Wagen unten in der Seabreeze Bay. Ungefragt hat er das Steuer übernommen und schien wieder einmal genau zu wissen, was ich brauchte. Er hat mich zum Drive-In des nächsten Fast-Food-Ladens gebracht und mir einen Kakao sowie eine große Portion Pommes Frites besorgt.

Ich tunke die salzigen Pommes in den süßen Kakao und lasse Malcolms zweifelnde Seitenblicke über mich ergehen, ohne auch nur zu versuchen, diese seltsame Vorliebe auf die Schwangerschaft zu schieben. Süß-salzig mochte ich schon immer gerne.

»So, hier sind wir ungestört«, sagt Malcolm und zieht die Handbremse an. »Willst du aussteigen?«

Ich sehe nach draußen. Wir befinden uns auf dem kleinen Parkplatz hinter dem Ergonomischen Institut unserer Uni. Ein Stück weiter unten liegt ein versteckter Strand, an dem ich in den letzten Jahren zahllose Partys gefeiert habe. Malcolm war meistens auch da – er hat als Parkwächter gejobbt und mein Höhepunkt war es jedes Mal, an ihm vorbeizukommen und von ihm begrüßt zu werden.

Hi, Malcolm.

Hi, schöne Frau.

Ich lächle versonnen und lege meine Hand auf seine, die noch auf dem Bremshebel ruht, während er mich ansieht.

Dann wird mir klar, dass es solche Abende wahrscheinlich nie wieder geben wird.

Nach den Vorlesungen unbeschwert feiern gehen, einfach die freie Zeit genießen und mich um nichts sorgen müssen – wenn wir uns für das Kind entscheiden, ist das vorbei.

Mit einem Mal schnürt sich mir die Kehle zu und ich packe Malcolms Hand ganz fest.

»Hey«, sagt er besorgt und mustert mich von oben bis unten. »Was ist los? Tut dir irgendwas weh oder ...?«

Ich schüttle den Kopf und bringe die nächsten Worte kaum über mich: »Ich habe einfach so eine Angst, Malcolm.«

Er sieht mich eine Sekunde lang an und ich erwarte, dass er fragt, wovor. Doch er fragt nicht.

Er nimmt mir den Becher aus der Hand und die halbleeren Pommes von meinem Schoß. Dann stellt er seinen Sitz zurück und sagt: »Komm her.«

»Malcolm ...«

»Jetzt komm schon.«

Ich löse meinen Sicherheitsgurt und krabble über die Mittelkonsole auf seine Seite. Dann kuschle ich mich auf seinen Schoß, lege den Kopf an seine Brust und schließe die Augen. Malcolm küsst mich aufs Haar, streichelt mir sanft über den Rücken – und ich fühle, wie es besser wird.

»Du brauchst keine Angst zu haben«, sagt er leise.

»Aber was ist mit unserer Zukunft? Unseren ganzen Plänen? Nach der Uni wollten wir doch eigentlich nach Europa reisen und ...«

»Soweit ich weiß, sind Kinder da nicht verboten«, erwidert er und schafft damit etwas, was in den letzten Tagen keinem gelungen ist. Er bringt mich zum Lachen, wenn auch nur leise.

»Wer weiß, ob wir uns das dann überhaupt leisten können. Wenn wir das Baby bekommen, brauchen wir eine richtige Wohnung.«

»Ja«, gibt er zu, »darüber habe ich auch schon nachgedacht.«

Wir können unser Kind ja schlecht bei ihm im Strandhaus oder in meinem Ein-Zimmer-Apartment großziehen.

Unser Kind.

Jetzt, wo ich so nah bei Malcolm bin, haben diese Worte irgendwie etwas Magisches an sich. Mit jeder Sekunde, die ich in seiner Nähe bin, wird meine Angst kleiner und ich spüre, dass ich es eigentlich gar nicht abtreiben will.

Unser Baby.

»Es wird ein Junge«, flüstere ich.

»Woher willst du das denn wissen?«, fragt Malcolm, ebenfalls leise.

»Ich fühle das.« Ein bisschen unsicher sehe ich zu ihm auf, weil ich irgendwie befürchte, dass er mich auslacht.

Wenn ich ehrlich bin, weiß ich noch nicht mal, ob das Geschlecht bei Embryos in so einem frühen Stadium überhaupt schon feststeht. Trotzdem bin ich mir sicher. Ich fühle es einfach.

»Ich würde ihn gern Griffin nennen«, rede ich weiter und weiß selbst nicht, woher das plötzlich kommt.

Gerade war ich mir noch fast sicher, dass ich abtreiben will, doch kaum hält mich Malcolm in seinen Armen, sehe ich unsere Zukunft vor mir.

»Nach dem Haus Gryffindor bei Harry Potter?«, will er wissen.

Schon wieder muss ich kichern. »Nach meinem Dad«, sage ich dann. »Er heißt Griffin.«

»Dein Dad«, sagt Malcolm und ich bilde mir ein, dass ein Schatten über seine Augen huscht. »Wissen deine Eltern schon was?«

»Nein, noch nicht.«

Der neueste Stand meiner Eltern ist, dass ich jetzt mit einem der begabtesten Studenten der gesamten Uni zusammen bin. Sie haben Malcolm noch nicht kennengelernt und ich seine Eltern ebenso wenig. Was die Schwangerschaft angeht, sind sie total ahnungslos. Ich bin schließlich erst im ersten Monat und bis zum dritten ist doch noch alles so unsicher – Fehlgeburten kommen in dieser Phase häufig vor. Und außerdem wusste ich ja nicht mal, ob ich es behalten will.

Jetzt jedoch spüre ich, dass es ein Riesenfehler gewesen wäre, die Schwangerschaft abzubrechen. Es wäre eine Kurzschlussreaktion gewesen, entstanden aus dem ersten Schock, und sowas ist nie klug. Ich will das Baby behalten, und dann kann ich eigentlich auch Mom und Dad davon erzählen.

Ihre Unterstützung hat mir schon immer gutgetan und sie wird sicher auch Malcolm helfen, auch wenn er eigentlich nicht im Mindesten überfordert wirkt.

»Wie ist es mit deinen?«, frage ich.

Er schüttelt wortlos den Kopf und mich erfasst plötzlich richtige Vorfreude.

Ich setze mich ein Stückchen auf. »Wie wär's, wenn wir heute Abend mit ihnen skypen? Am besten mit allen zugleich? Du kannst doch bestimmt so eine Skype-Konferenz anlegen und dann erzählen wir ihnen, dass sie Omas und Opas werden!«

Malcolm sieht mich an, dann blickt er aus dem Seitenfenster auf den leeren Parkplatz. Seine hellen Brauen ziehen sich zusammen und er wischt sich das Haar aus der Stirn. So ernst habe ich ihn bisher selten gesehen.

»Keine gute Idee?«, frage ich vorsichtig.

Wer weiß, vielleicht sind seine Eltern superehrgeizig und haben große Karrierepläne für ihn. Er erzählt ja nie etwas von ihnen.

»Abby ...« Malcolm sucht sichtlich nach den richtigen Worten, ehe er mich wieder ansieht und sagt: »Lass uns zuerst nur mit deinen reden, okay?«

Fragend blicke ich ihn an.

Er zuckt mit den Schultern. »Meine ... meine Familie ist ein bisschen kompliziert. Lass uns ...«

Ich lege ihm die Hände auf die Wangen und mustere ihn prüfend. So sprachlos kenne ich ihn nicht. »Gibt es irgendwelche Probleme in deiner Familie?«

Malcolm schüttelt leicht den Kopf. »Mach dir bitte keine Gedanken deswegen.« Er nimmt meine Finger von seiner Wange und drückt einen Kuss darauf. »Für mich stehst du an erster Stelle und alles andere ist unwichtig. Wie wär's, wenn wir morgen nach Pacific Grove fahren und es deinen Eltern persönlich sagen?«

Ich sehe ihn an und spüre, wie mein Herz bei der Vorstellung einen Hüpfer macht. Vor Aufregung, aber auch vor Freude, meinen Eltern endlich meinen neuen Freund vorstellen zu können – und so viel mehr als das.

Den Mann, den ich aufrichtig liebe und der mich genauso liebt; den Vater meines Kindes.

»Einverstanden«, sage ich leise und kuschle mich wieder an ihn. »Lass uns morgen die Vorlesungen schwänzen und das Wochenende in Pacific Grove verbringen.« Ich freue mich schon drauf, ihm meine Heimat zu zeigen.

Malcolm küsst mich aufs Haar und sagt, ebenfalls leise: »Ich liebe dich, Abigail.«

Ich mache die Augen zu, schmiege mich ganz eng an ihn und genieße ganz einfach den Moment.

Und vielleicht träume ich auch ein bisschen von der Zukunft – von unserem neuen Zuhause.

Von Malcolm, mir und unserem kleinen Griffin.

KAPITEL 5

MALCOLM

Nachdem Abigail unseren Besuch bei ihrer Familie angekündigt hat, hat sie bei mir übernachtet und wir verbrachten Stunden damit, zu reden. Sie hat mir von den Ängsten erzählt, die sie während der vergangenen Tage beschäftigt haben. Sie hat sogar befürchtet, dass ich sie wegen der Schwangerschaft verlassen könnte.

Wie ist sie nur auf sowas gekommen?

Ich habe sie in meinen Armen gehalten und ihr klargemacht, dass sie sich auf mich verlassen kann. Ich bin niemand, der davonläuft, wenn es mal kompliziert wird. Und ich glaube, so kompliziert muss das mit dem Baby gar nicht werden.

Wir haben noch genug Zeit, um alles zu regeln.

Jetzt steht erstmal der Besuch bei Abbys Eltern an und ich glaube, der wird ihr helfen, noch einmal etwas sicherer zu werden.

Wir fahren erst am frühen Vormittag los, denn Pacific Grove liegt nur zwei Stunden von Berkeley entfernt. Ich nehme die Gitarre mit, schließlich schulde ich Abby noch einen Song.

Ich fahre und sie zockt die ganze Zeit an dem alten Gameboy, den sie in meinem Zimmer gefunden hat.

Manchmal frage ich mich, wer der größere Nerd von uns beiden ist.

Erst als wir das Ortseingangsschild von Pacific Grove hinter uns lassen, verstummt die Tetris-Melodie und Abigail verstaut den Gameboy im Handschuhfach.

»Wir sind fast da«, sagt sie freudig.

Pacific Grove ist ein beschaulicher 15.000-Einwohner-Ort in Kalifornien mit lauter kleinen Häusern direkt an der rauen Pazifikküste. Ich war noch nie hier, aber mir gefällt es auf Anhieb.

Ich steuere Abbys dunkelroten Ford durch die schmalen Straßen und fühle mich ihr gleich noch ein Stück näher. Hier stammt sie also her …

Das Städtchen passt zu ihr. Ich komme ebenfalls aus einer Kleinstadt, aber meine Heimat ist das genaue Gegenteil von Pacific Grove. Sie liegt nicht am Meer, sondern in den Bergen. Außerhalb der Skisaison verirrt sich niemand dorthin und es gibt praktisch keine Jobs. Doch die Leute, allen voran meine Familie, wissen sich zu helfen, was den Ort jedoch nicht weniger schrecklich macht.

Ich bezweifle, dass Abigail ihn jemals sehen wird.

»Bieg mal da vorne ab«, sagt Abby, setzt sich in ihrem Sitz ein Stück auf und deutet nach rechts.

»Rechtsrum?«, frage ich irritiert. Sie hat mir erklärt, dass ihre Eltern ein Haus direkt an der Küste neben dem Leuchtturm haben, deshalb bin ich den Schildern in Richtung *Point Pinos Lighthouse* gefolgt – das jetzt genau vor uns liegt.

»Ja, rechtsrum.« Abby lächelt verschwörerisch. »Vertrau mir, es wird dir gefallen.«

»Alles klar. Commander Spock ist stets zu Ihren Diensten.« Ich setze den Blinker und biege nach rechts ab.

Monarch Grove Sanctuary steht nun auf Schildern, die ungefähr alle hundert Meter den Straßenrand säumen und ich frage mich, was das zu bedeuten hat.

Dann beginnt rechts von uns ein kleiner Park und Abby setzt sich noch ein bisschen aufrechter hin.

»Jetzt fahr langsamer und sieh dir das an«, sagt sie und ich erkenne ein fast schon kindliches Funkeln in ihren Augen. Einen Moment brauche ich, um mich von ihrem Anblick zu lösen, dann drehe ich den Kopf in Richtung Park und kann meinen Augen kaum trauen.

Überall in den herbstlich verfärbten Bäumen, im grünen Eukalyptus und zwischen den Piniennadeln, haben sich hunderte, nein, tausende von orangefarbenen Schmetterlingen versammelt.

Ich stoppe den Wagen und sehe mir die Tiere genauer an. In dicken Trauben sitzen sie teils so dicht in den Bäumen, dass von den Blättern nichts mehr zu sehen ist. Noch nie in meinem Leben habe ich so viele Schmetterlinge auf einen Haufen gesehen.

»Der Monarchfalter kommt jedes Jahr hierher, um zu überwintern und legt dabei zweitausend Meilen von Kanada zurück. Teilweise haben wir hier fast so viele Schmetterlinge wie Einwohner. Ich frage mich, wie sie den Weg finden. Sie waren ja noch nie hier, nur die Generationen vor ihnen haben schon mal in Pacific Grove überwintert, verstehst du, was ich meine? Trotzdem kommen sie jedes Jahr pünktlich im Oktober im Park an. Ist das nicht erstaunlich?«

»Und wie«, sage ich und betrachte die Schmetterlinge noch ein bisschen länger. Die meisten von ihnen sitzen ruhig in den Ästen, nur ein paar wenige flattern zwischen den Bäumen umher.

»Sind sie nicht wunderschön?«, schwärmt Abby weiter und ich kann sie beinahe vor mir sehen, wie sie als kleines Kind zwischen den orangenen Schmetterlingen mit der schwarz-weißen Zeichnung umhergetollt ist.

»Sieh mal, da hat sich aber jemand verirrt«, sage ich und deute auf einen einzelnen Schmetterling, der in der Herbstsonne lilafarben schimmert.

»Ilia«, sagt Abby, nur dieses eine Wort. Mit einem Mal klingt sie seltsam verträumt.

Wahrscheinlich hat sie recht und es handelt sich wirklich um einen *Apatura ilia*, einen Schillerfalter – aber ich weiß, dass sie davon nicht spricht.

Ich sehe zu Abby hinüber. Sie hat eine Hand auf ihrem Bauch liegen und betrachtet die Schmetterlinge gedankenversunken.

»Ein guter Name, falls es ein Mädchen wird, was denkst du?«, frage ich leise, auch wenn ich instinktiv spüre, dass sie den Gedanken bereits vor mir hatte.

Abby blickt mich jetzt an und lächelt. »Ilia. Wie in der römischen Mythologie.«

Ich greife nach Abigails Hand und drücke sie. Dann fahre ich wieder los.

Für den Moment ist alles gesagt.

Sollten wir ein Mädchen bekommen, wird sie Ilia heißen und wir werden mit ihr herkommen. Jedes Jahr, wenn die bunten Schmetterlinge Zuflucht in Pacific Grove suchen.

ABIGAIL

Als wir das Haus meiner Eltern erreichen, fühle ich mich müde von der Fahrt, aber gleichzeitig so entspannt und zufrieden wie schon lange nicht mehr. Ich freue mich darauf, die drei wichtigsten Menschen in meinem Leben um mich zu haben. Meine Eltern werden die letzten Zweifel ausräumen, die ich wegen der Schwangerschaft habe. Sie werden uns versichern, dass sie uns unterstützen, denn ich bin mir sicher, dass sie sich blendend mit Malcolm verstehen werden.

»Das ist es?«, fragt er ungläubig und parkt den Wagen am Straßenrand.

Der Ocean View Boulevard, an dem mein Elternhaus liegt, ist eine schmale Straße, die die Wohnhäuser vom Strand trennt. Hier gibt es keine Parkplätze, nicht einmal einen Grundstückszaun oder einen richtigen Vorgarten.

Lediglich ein paar kugelrund gestutzte Hecken umsäumen die vielleicht zwei Mal drei Meter große Auffahrt zum Haus.

Ich betrachte mein Elternhaus einen Moment und lasse die schönen Erinnerungen an meine Kindheit aufkommen. Das Haus ist sandfarben gestrichen und sieht ein wenig spanisch aus mit seinem roten Schindeldach und dem umlaufenden Balkon. Säulen und Erker verleihen dem Gebäude etwas Majestätisches. Als kleines Mädchen habe ich oft auf dem riesigen Balkon Prinzessin gespielt.

»Komm, lass uns reingehen«, schlage ich vor und steige aus. Die Vorfreude auf meine Eltern wächst mit jeder Sekunde.

Malcolm und ich steigen aus und er nimmt meine Hand.

»Bist du nervös?«, frage ich.

Malcolm, der zur Abwechslung keinen seiner Gamer-Pullis, sondern ein nachtblaues Hemd trägt – was nicht nötig gewesen wäre, aber er hat darauf bestanden –, schüttelt den Kopf. »Eigentlich nicht.«

Ich küsse ihn auf die Wange. So kenne ich meinen Malcolm.

»Abby!« Kaum haben wir die Auffahrt betreten, reißt meine Mutter auch schon die Haustür auf und fällt mir in die Arme.

Sie duftet nach teurem Parfüm und frisch gebackenen Keksen – der Geruch meiner Kindheit.

»Und Sie müssen Malcolm sein«, höre ich meinen Vater sagen. Aus dem Augenwinkel sehe ich, wie er meinem Freund erst die Hand reicht und ihn dann doch in eine bärenhafte Umarmung zieht.

»Gut siehst du aus«, sagt Mom und betrachtet mich eingehend von oben bis unten.

»Ich fühle mich auch gut«, gebe ich zu. Das Tief der letzten Tage ist verflogen, kaum, dass alles mit Malcolm geklärt war.

Mom drückt mich noch einmal kurz, dann widmet sie sich Malcolm und mein Vater wendet sich mir zu.

»Hallo, Schatz«, sagt er und ich werde ebenfalls Opfer seiner kräftigen Umarmung.

»Du erdrückst mich, Daddy«, lache ich und er lässt mich erschrocken los.

»Kommt doch rein, kommt doch rein«, sagt Mom und führt uns ins Haus.

Ich wechsle einen kurzen Blick mit Malcolm, aber er scheint weder eingeschüchtert noch genervt zu sein.

Er zwinkert mir zu, dann folgt er meiner Familie ins Haus.

Mom hat den Esstisch im Wintergarten so festlich gedeckt, als hätten wir bereits Weihnachten. Frische Haferkekse stehen auf dem Tisch, dazu eine Orangentorte und ein Apple Crumble mit Puderzucker und Zimt.

»Du bist verrückt«, sage ich zu meiner Mutter und setze mich mit Malcolm an den Tisch. »Wer soll das denn alles essen?«

Dad nimmt uns gegenüber Platz, während Mom mit einer Kaffeekanne um uns herum eilt und jedem eine Tasse einschenkt.

»Sie sind also der Mann, der unserer Abby den Kopf verdreht hat«, beginnt Dad das Gespräch und ich hoffe, dass es Malcolm nicht gegen den Strich geht, dass mein Vater gleich so direkt wird.

»Es war wohl eher umgekehrt«, entgegnet Malcolm und erntet dafür ein gutmütiges Schmunzeln meines Dads.

Dann beginnt er ohne Scheu zu erzählen, wie wir uns kennengelernt haben und obwohl ich das natürlich alles schon weiß, höre ich ihm gebannt zu.

Ich glaube, ich werde die Geschichte auch dann noch gerne hören, wenn Malcolm sie irgendwann unseren Enkelkindern erzählt ...

Nachdem vor allem ich die halbe Kuchentafel allein geleert habe, gehen wir rüber ins Kaminzimmer. Ein kleines Feuer knistert und eine gemütliche Wärme hat sich im Haus breitgemacht. Ich sitze mit Malcolm auf der Couch und kuschle mich an ihn, während Dad in einem Sessel am Kamin sitzt, mit einer Hand auf Moms Bein, die neben ihm auf der Lehne Platz genommen hat.

Ich liebe es, die beiden so vertraut miteinander zu sehen. Auch nach fünfundzwanzig Ehejahren scheinen sie sich immer noch zu lieben wie am ersten Tag und sind damit meine absoluten Vorbilder.

Ich glaube, dass jetzt der richtige Zeitpunkt ist, um den beiden die Neuigkeiten zu überbringen. Ein bisschen aufgeregt bin ich nun doch, auch wenn ich weiß, dass meine Eltern im Grunde jede meiner Entscheidungen mittragen.

»Mom, Dad« beginne ich, schaue dann aber doch wieder zu Malcolm.

Er nickt mir aufmunternd zu und ich bin froh, dass er mit mir hier ist. Dass meine Eltern ihn endlich kennengelernt haben und vor allen Dingen mein Dad sich richtig gut mit ihm zu verstehen scheint.

Beim Kuchenessen haben die beiden eine geschlagene halbe Stunde über Roboter und KI geredet. Ich wusste gar nicht, dass mein Vater eine Schwäche für künstliche Intelligenz hat. Es war schön zu sehen, dass sie eine Gemeinsamkeit haben.

»Ich muss euch etwas sagen.«

»Ihr seid verlobt«, platzt es aus meiner Mutter heraus und ich muss lachen.

Das ist so typisch für sie. Auch früher war sie schon so. Wenn ich ihr als Kind ein Geheimnis verraten wollte, hat sie die Anspannung nie ausgehalten und geraten und geraten …

»Nein, wir …«

»Ihr zieht nach Pacific Grove?«

»Mom ...«

Jetzt lacht auch Malcolm und mein Dad streichelt meiner Mutter gutmütig übers Bein.

»Du bist Unibeste? Ihr plant eine Weltreise? Du bist schwanger? Malcolm wird der nächste Präsident? Du –«

»Richtig«, sage ich und unterbreche so Moms Redeschwall.

»Malcolm wird der nächste Präsident?«, hakt sie nach.

Jetzt lachen wir alle drei über meine Mutter.

»Nein, Renée. Unsere Abby ist schwanger«, sagt mein Dad, als wäre es das Normalste der Welt. »Ich habe es gleich beim Reinkommen gesehen. Sie hatte genau den gleichen Ausdruck in den Augen wie du damals.«

Das ist typisch mein Vater. Er war schon immer ein stiller und besonnener Beobachter. Dass er allerdings so feinfühlig ist, hätte ich nicht gedacht.

»Was? Oh mein Gott, oh mein Gott!« Mom springt auf und zieht mich wieder in ihre Arme. »Ich freue mich ja so für euch! Das ist ja wunderbar!«

Ihre Freude ist ansteckend und es tritt genau das ein, was ich erwartet habe. Alle Angst und die letzten Zweifel fallen von mir ab und ich kann mich zum ersten Mal ebenfalls bedingungslos freuen.

»Das müssen wir sofort Grandma erzählen«, bestimmt sie und nimmt meine Hand. »Am besten über dieses Skype. Wir können ein Foto von dir als Baby heraussuchen und ich kann dir zeigen, wie ...« Während meine Mutter weiter plappert und mich aus dem Wohnzimmer zieht, werfe ich Malcolm einen entschuldigenden Blick zu. Doch er lächelt nur.

Gelassen und selbstsicher – so, wie ich ihn kennengelernt habe.

MALCOLM

Ich sehe Abby nach, wie sie mit ihrer vollkommen auf-
gekratzten Mutter das Zimmer verlässt. Ich freue mich
für sie, dass ihre Eltern die Nachricht so positiv aufgenommen haben.

»Meine Frau ist manchmal unmöglich«, sagt Abbys
Vater Griffin, der mir bereits beim Kaffeetrinken das
Du angeboten hat.

»Ich glaube, dass es Abby extrem wichtig ist, was ihr
über die ganze Sache denkt«, erkläre ich. »Es ist ziemlich schnell passiert und sie war ganz schön durcheinander, als sie von der Schwangerschaft erfahren hat.«

Griffin nickt und sieht einen Moment lang nachdenklich ins Feuer. »Daran bin ich schuld«, sagt er schließlich. »Ich bin in der Politik tätig, solange Abigail denken
kann. Von mir weiß sie, wie wichtig ein gutes Image ist.
Wie man sich richtig verkauft und keine Schwachstel-
len offenbart.«

Langsam verstehe ich. Daher hat Abby also ihre Perfektion. Sie hat von klein auf beigebracht bekommen,
wie wichtig es ist, in seiner zugeteilten Rolle zu bleiben.

»Das muss ja nicht unbedingt etwas Schlechtes sein.«
Ich betrachte Griffin genauer. Er ist groß und eher ha-
ger, hat aber ein auffallend weiches Gesicht. Er ist tadellos gekleidet und hat kluge Augen. Wenn, dann
wäre *er* der ideale Kandidat für den Präsidentensitz
und nicht ich.

»Nein, nein. In der Tat nicht.« Griffin sieht mich an und zum ersten Mal, seit ich das Haus der Campbells betreten habe, habe ich das Gefühl, dass er mich ganz genau unter die Lupe nimmt. »Ich bin Senatskandidat, ich weiß nicht, ob meine Tochter dir das erzählt hat.«

Nein, das hat sie nicht. Abby hat noch gar nicht so viel von ihren Eltern erzählt und ich habe nicht nachgehakt, damit keine Gegenfragen kommen.

Daher schüttle ich nur den Kopf.

»Und deshalb ist mir das Image meiner Familie – zu der du ja jetzt zweifellos ebenfalls gehörst – sehr wichtig.«

Ich spüre schon, dass dieses Gespräch jetzt in eine unangenehme Richtung abrutschen wird. Trotzdem versuche ich, gelassen zu bleiben.

»Das verstehe ich.«

»Die Frage erscheint dir wahrscheinlich etwas indiskret, aber gibt es etwas, das du mir jetzt und hier unter vier Augen sagen möchtest? Irgendwelche Jugendsünden, schmutzige Wäsche, du weißt schon?«

Wow, das ist jetzt wirklich schnell eskaliert.

Was sage ich nun?

Dass ich ein Grasdealer auf dem Campus der UC bin, wäre vermutlich ein guter Anfang, und das wäre sogar nur die Spitze des Eisbergs.

Abbys Schwangerschaft scheint kein Problem zu sein und das, obwohl wir weder verheiratet noch sonderlich lange zusammen sind. Trotzdem glaube ich, dass die Dinge, die ich sowohl vor ihm als auch vor seiner Tochter verheimliche, nicht so gut angenommen werden könnten.

Auch wenn ich eigentlich ein ehrlicher Mensch bin, erscheint es mir im Augenblick besser, nicht alles, was mich betrifft, vor Griffin auszubreiten.

»Ich weiß, worauf du hinaus willst, aber da gibt es nichts.« Es fühlt sich nicht gut an, dem Vater meiner Freundin so direkt ins Gesicht zu lügen.

Griffin mustert mich noch einen Moment nachdenklich, dann hellt sich sein Gesicht auf und er nickt erfreut. »Das hätte ich von dir auch nicht erwartet, mein Junge. Wie wäre es mit einem Scotch?«

Ich bejahe. Einen Drink kann ich jetzt dringend gebrauchen.

Während Griffin zur Bar geht, atme ich erleichtert auf.

Das ist gerade nochmal gut gegangen, denn ich bin kein sonderlich glaubhafter Lügner und mir sicher: Hätte Griffin weiter nachgebohrt, wäre ich zweifellos eingeknickt.

Doch das heißt nicht, dass die Sache damit erledigt ist. Weder die Art und Weise, wie ich mein Geld verdiene noch meine Vergangenheit lassen sich einfach so aus meinem Lebenslauf radieren. Und ich habe im Moment keine Ahnung, wie ich damit umgehen soll.

ABIGAIL

Für die Nacht überlassen uns meine Eltern ihre kleine Hütte, die sich versteckt an den grünen Abhängen zwischen dem Ocean View Boulevard und dem Leuchtturm befindet. Es ist für Pacific Grove ganz schön kühl geworden, als wir im Dunkeln den kurzen Weg zu dem

Häuschen laufen, in dem der Legende nach früher die Frau eines Leuchtturmwärters lebte. Weil sie sofort Höhenangst hatte, wenn sie das Lighthouse auch nur betrat, zog sie es vor, einige Meter von ihrem Mann entfernt zu leben.

Es soll bis ins hohe Alter eine glückliche Ehe gewesen sein.

Obwohl die Hütte nicht mehr auf ihrem Grundstück steht, mussten meine Eltern sie unbedingt haben – sie kauften sie zusammen mit dem Anwesen, auf dem ich aufgewachsen bin und richteten sie zu einem kleinen Ferienhaus direkt neben ihrem Zuhause her.

Die beiden waren schon immer ein bisschen verrückt und für ein Politikerehepaar eher unkonventionell. Ich bin froh darüber, denn dadurch bin ich ziemlich offen aufgewachsen.

Frischer, salzerfüllter Wind ist aufgezogen, der immer wieder feine Tropfen aus Gischt zu uns herüberträgt. Malcolm legt seinen Arm um mich und schirmt mich so von den Wasserspritzern ab. Ich habe den Rucksack mit unseren Klamotten dabei und er seine Gitarre und ich stelle mir vor, dass es so sein wird, wenn wir irgendwann durch Europa reisen.

Nein, nicht ganz so. Ein kleiner Junge wird uns begleiten, aufgeweckt, vielleicht rothaarig wie sein Vater.

Oder ein Mädchen.

Ich sehe rüber zu Malcolm und in mir macht sich plötzlich ein ganz warmes Gefühl breit.

»Hast du einen Schlüssel?«, fragt er, dann bemerkt er meinen Blick und lächelt mich verwundert an. »Was ist?«

»Ich liebe dich«, sage ich. Diese drei Worte sind mir früher nie leicht über die Lippen gekommen, aber bei ihm fühlt es sich so selbstverständlich wie Atmen an, sie auszusprechen.

Malcolm lässt seine Hand in mein Haar wandern, zieht mich ein Stückchen näher zu sich heran und küsst mich auf die Schläfe, wortlos, aber er muss auch gar nichts sagen.

Ich lege meinen Kopf an seine Schulter und richte mich erst wieder auf, als wir die Hütte erreichen.

Sie besteht aus Pinienholz, das vom Salz hell und blank geworden ist. Es gibt zwei kleine Fenster, die meine Mom mit kitschigen Spitzengardinen versehen hat. Dieses Häuschen ist der gemütlichste Ort, den ich kenne und als ich aufschließe, bin ich voller Vorfreude, hier die kommenden zwei Nächte zu verbringen.

Ich öffne die Tür, ziehe Malcolm mit mir ins Innere und drehe mich zu ihm um. »Na, was sagst du?«

Seine blauen Augen wandern über die Wände, an denen Meeresmotive hängen, die altmodische Küchenzeile, die Kaminecke und die hölzerne Stiege, die nach oben führt, wo sich das Bett befindet.

»Sagtest du nicht, die Hütte wäre winzig?«, fragt er.

»Ist sie doch auch.«

Malcolm grinst. »In einem ganz ähnlichen Haus bin ich aufgewachsen.«

Meine Wangen werden rot. Manchmal vergesse ich, wie wohlhabend meine Familie ist. »Dann können wir ja hier einziehen«, scherze ich, um von meiner Verlegenheit abzulenken.

»Das würden deine Eltern sicher großartig finden.« Malcolm stellt den Gitarrenkoffer in eine Ecke und nimmt mir den Rucksack ab. Eigentlich wollte er mir gar nicht erlauben, ihn zu tragen, aber da er im Prinzip nur ein paar Wechselsachen und unsere Zahnbürsten enthält, ist er nicht sonderlich schwer.

Schon wieder bin ich drauf und dran, Malcolm auf seine eigene Familie anzusprechen … Aber dann sage ich mir, dass er schon mit mir über sie reden wird, wenn er so weit ist.

Er stellt auch den Rucksack weg, dann wendet er sich mir zu und sieht mich etwas verwundert an. »Alles gut?«

Ich nicke und merke selbst, dass ich hier reglos mitten im Raum rumstehe, fast wie ein verlegenes Kind.

Dabei gibt es dafür eigentlich keinen Grund. Seit Malcolm und ich zusammen sind, habe ich so viele Nächte mit ihm verbracht. Dies hier ist allerdings erst die zweite, seit er von meiner Schwangerschaft weiß. Letzte Nacht hatten wir zu viel zu besprechen, um an irgendwas anderes zu denken, aber heute … Auf einmal sind wir einander noch so viel näher als zuvor, und das macht mich irgendwie wirklich verlegen.

Malcolm dagegen ist nie verlegen. Er kommt zu mir und schließt die Arme um meine Hüften. »Soll ich den Kamin anheizen?«

»Kannst du das denn?«

»Nein, aber da gibt's bestimmt ein Tutorial auf YouTube.« Er zwinkert mir zu, was mir verrät, dass er nur Quatsch redet.

»Gleich«, sage ich trotzdem, denn ich will einfach nicht, dass er mich jetzt schon wieder loslässt. Ich trete näher an ihn heran und der ausgetretene Dielenboden quietscht unter meinen Turnschuhen.

Malcolms Hände gleiten über meinen Rücken und ich streiche ihm das wuschelige Haar aus der Stirn.

Ein bisschen erinnert mich das gerade an unseren ersten Kuss. Es war bei unserem zweiten Date. Wir verbrachten den Nachmittag in einer Arcade-Halle, wo wir an bunt blinkenden Automaten alte Videospiele spielten.

Irgendwann am Abend waren wir die einzigen verbliebenen Gäste. Wir waren so in Pac-Man vertieft, dass wir gar nicht merkten, wie um uns herum alle nach Hause gingen. Ich spielte das 155. Level, Malcolm stand hinter mir, hatte die Arme um mich gelegt und die Festivalbändchen an seinem Handgelenk kitzelten die nackte Haut unter meinem bauchfreien Top.

Als ich gegen Ende des Levels von einem Geist erwischt wurde und Game Over ging, drehte ich mich zu ihm um, wir sahen uns in die Augen ... und da passierte es.

Einerseits kommt es mir vor, als wären seitdem viel mehr als zwei Monate vergangen. Andererseits scheint es nur ein Wimpernschlag gewesen zu sein.

Ich beobachte Malcolm dabei, wie sein Blick an mir herunterwandert.

»Stört es dich?«, frage ich leise. »Dass ich dicker werde?«

»Du könntest dir auch einen Iro schneiden und dir 245 Piercings stechen lassen und es würde mich nicht stören«, erwidert er.

Ich schmunzle. »Spätestens bei unserer ersten gemeinsamen Flugreise schon.«

Er verzieht das Gesicht. »Na schön, vielleicht lässt du das mit den Piercings.«

Ich schlinge meine Arme jetzt ebenfalls um ihn und bin froh, ihn wiederzuhaben. Auch wenn wir ja gar nicht wirklich getrennt waren.

Doch die Nachricht von der Schwangerschaft und dann auch noch seine Verdächtigung, was mich und Slater angeht ... Rückblickend erscheint mir das alles etwas surreal.

Ich runzle die Stirn und sehe zu Malcolm auf. »Kann ich dir was sagen?«

»Klar, alles«, erwidert er sofort.

»Ich würde dich niemals betrügen, weder mit Slater noch mit sonst jemandem. Und ... falls du nur mit dem Training begonnen hast, weil du ...«

Aufmerksam sieht er mich an, aber ich weiß nicht so ganz, wie ich den Satz beenden soll.

Weil er glaubt, er gefällt mir besser, wenn er zu einem der Eagles wird?

»Ich war in keinen von denen je verliebt«, sage ich leise.

Malcolm nickt. »Das ist gut, sonst müsste ich demjenigen auch einen Roundhouse Kick verpassen, was übrigens meine heimliche Spezialität ist.«

Ich lache leise. »Klar, das glaub ich dir sofort.«

In seinen Augen blitzt es und er sieht wieder zu mir auf. »Weißt du eigentlich, was ich mir schon in unserer ersten Nacht fest vorgenommen habe?«

»Dass du der Vater meines Kindes wirst?«

Er grinst mich an, wird dann jedoch wieder ernster. »Dass ich dich an jedem Tag, den wir gemeinsam verbringen, mindestens einmal zum Lachen bringe.«

Ich schlucke.

»Ich steh auf dein Lachen«, gibt er zu und in meiner Mitte breitet sich ein leises Kribbeln aus.

Ich stelle mich auf die Zehenspitzen. Unsere Lippen finden sich wie von selbst und dieser Kuss fühlt sich sogar noch besser an als unser erster.

Ich schließe die Augen und küsse ihn, bis mir schwindelig wird. Dann lege ich meinen Kopf an Malcolms Brust, lausche seinem Herzschlag und dem Rauschen des Meereswindes um unsere kleine Hütte.

Irgendwo habe ich mal gelesen, dass man spürt, dass man den richtigen Partner gefunden hat, wenn man sich vorstellen kann, mit ihm allein in der Wildnis zu sein.

Mit Malcolm kann ich es mir sehr gut vorstellen.

Das und sogar noch viel mehr.

Mit ihm könnte ich auf dem Mond leben und wäre trotzdem noch glücklich.

Ich lächle und Malcolm drückt mir einen Kuss aufs Haar.

»Ich habe dir einen Song geschrieben«, sagt er leise.

Kurz bin ich versucht, zuzugeben, dass ich das längst weiß. Dann traue ich mich doch nicht, denn wenn ich ihm erzählen würde, dass ich seinen Podcast kenne, müsste ich ihm auch von den vielen Kommentaren erzählen, die ich im letzten Jahr unter seinen Folgen hinterlassen habe – getarnt mit meinem Fortnite-Namen.

Ich liebe es, dir zuzuhören. Ich wünschte, wir würden uns kennen. Deine Stimme macht mich glücklich.

»Du bist unglaublich«, sage ich stattdessen nur und drücke Malcolm einen Kuss auf den Mund. Dann frage ich: »Spielst du es mir vor?«

»So oft du willst«, sagt Malcolm. »Es ist deins.« Dann lässt er mich los, und während er Feuer macht und seine Gitarre holt, mache ich es mir gemütlich.

Ich klettere hoch zum Bett, hole die Decken und kuschle mich mit einer davon aufs Sofa.

Malcolm setzt sich zu mir und ich beobachte, wie er kurz und geübt die Gitarre stimmt.

»Von wem hast du das eigentlich gelernt?«, frage ich leise.

»Von keinem«, sagt er. »Ich habe einfach die Musik nachgespielt, die ich gehört habe.«

Bewunderung macht sich in mir breit. »Wie alt warst du da?«

»Fünf«, sagt er und ich glaube, dass er scherzt.

Doch er lacht nicht und mir wird wieder einmal klar, dass er der klügste Mensch ist, den ich kenne.

Ich beobachte ihn, wie er leicht die Stirn runzelt und dabei einen Akkord anschlägt, dann einen anderen, und dann beginnt die Melodie von dem Song, den ich mir seit Dienstagnacht bestimmt zwanzig Mal angehört habe.

Ihn jetzt nochmal von Malcolm persönlich vorgespielt zu bekommen, ist was ganz anderes und mein Puls beschleunigt sich leicht, als er mir einen kurzen Blick zuwirft, ehe sich seine Augen wieder auf die Saiten richten.

Ich lege den Kopf an die Lehne und rechne mit dem Text, der unser erstes Treffen beschreibt und mir mittlerweile so vertraut ist, aber Malcolm überrascht mich mal wieder.

When I saw you, thought you looked beautiful tonight, we ran away from your parents and the butterflies …

Ich lache leise. Er hat den Text verändert, sodass er zu heute passt.

Zumindest die ersten zwei Zeilen, aber die nächste bleibt gleich und lässt mein Herz höher schlagen, genau wie als ich sie zum ersten Mal gehört habe.

I hardly knew you but I saw my future in your eyes.

Er sieht seine Zukunft in meinen Augen – als er den Song geschrieben hat, konnte er gar nicht wissen, welche Bedeutung seine Worte wirklich hatten.

Als er eine kurze Pause macht, beuge ich mich zu ihm vor und drücke ihm einen Kuss auf den Mund.

And when you kiss me even Pac-Man dies, verändert er schon wieder den Text.

»Quatschkopf«, flüstere ich.

Malcolm spielt weiter und sagt dabei: »Was denn? Aus Eifersucht, ist doch klar.«

Dann macht er mit dem eigentlichen Text weiter, als hätte es nie eine Unterbrechung gegeben.

Holding you feels like knowing you forever, it feels like loving you inside out …

Ich blinze eine Träne weg.

»Geht's dir gut?«, fragt Malcolm leise zwischen dem Refrain und der zweiten Strophe.

Ich nicke. »Ich bin glücklich.«

Dann lehne ich mich wieder an, mache die Augen zu und tue für den Moment einfach gar nichts, außer ihm zu lauschen und festzustellen, dass meine Worte nicht ganz ehrlich gewesen sind.

In Wahrheit bin ich sogar überglücklich.

MALCOLM

Während ich den Song für sie spiele, beobachte ich Abby. Von unserem Spaziergang durch den Wind hierher ist ihr blondes Haar wirr. Ein leichtes Lächeln liegt auf ihren Lippen und ihre Augen mit den endlos langen Wimpern sind geschlossen.

Im Song verspreche ich ihr, dass ich sie nie allein lassen werde und sehe, wie ihr Lächeln breiter wird.

Doch je glücklicher sie mir vorkommt, desto stärker erfasst mich das schlechte Gewissen. Mehr und mehr wird mir klar, dass es falsch war, ihren Dad anzulügen – und dass ich dennoch keine Wahl hatte.

Eine Tatsache wird mir immer bewusster, je besser ich Abigail kennenlerne: Sie ist perfekt. Ich bin es nicht.

Es gibt die Geheimnisse, von denen ihr Vater gesprochen hat und sie sind, glaube ich, dunkler, als sich jemand, der aus einer solchen Familie wie Abby stammt, auch nur vorstellen kann.

Ich weiß, wie mich jeder an der UC sieht und wie mich auch Abby sieht. Als jemanden, der witzig ist und immer eine Lösung parat hat, ob man nun nach dem Weg fragt, eine persönliche Info über einen anderen Studenten braucht oder Lust auf einen Joint hat.

Ich bin bekannt als Malcolm, der irgendwie alles hinkriegt.

So war es jedoch nicht immer.

Die UC ist eine Elite-Uni und ich glaube, keiner dort steckte schon so tief in der Scheiße wie ich. Meine Vergangenheit war echt nicht toll und ich will Abby um jeden Preis davon fernhalten.

Wenn ich ehrlich zu ihrem Vater gewesen wäre, wäre das unmöglich gewesen.

Er ist Senatskandidat.

Ob er mich jetzt einem Background-Check unterzieht?

Das hieße, dass ich auf der Stelle mit dem Grasverkauf aufhören muss.

Wie soll ich dann den Rest meines Studiums bezahlen? Die Wohnung, die Abby und ich brauchen werden? Und …

Mit jeder neuen Frage wird eine Idee vor meinem inneren Auge deutlicher. Es gibt vielleicht eine Lösung. Jemanden, den ich kontaktieren kann. Ich stehe auf seiner Besucherliste, darüber wurde ich vor Jahren informiert. Wenn ich …

»Hey«, sagt sie leise und setzt sich auf.

Erst jetzt wird mir selbst klar, dass der Song zu Ende ist.

Abby strahlt mich an, nimmt mir die Gitarre aus den Händen und stellt sie zur Seite. »Das war so schön«, sagt sie.

Dann klettert sie auf meinen Schoß, schlingt die Arme um meinen Hals und küsst mich ganz unerwartet voller Leidenschaft.

Ich küsse sie ebenfalls und versuche, die Gedanken zurückzudrängen, wie ich es die letzten Jahre über auch getan habe. Ich werde die Sache schon geradebiegen, das tue ich immer. Diesmal habe ich gar keine Wahl, denn wenn ich eines nicht kann, dann ist das, Abby zu verlieren.

»Ich liebe dich auch«, flüstere ich zwischen zwei Küssen.

»Ich weiß«, erwidert Abby atemlos und fängt an, mein Hemd aufzuknöpfen.

Ich lasse meine Finger an ihrem Rücken hinuntergleiten, dann unter den Saum ihres kurzen Kordrocks. Sie richtet sich ein Stück auf, sodass ich mit beiden Händen ihren apfelförmigen Hintern streicheln kann. Ihre Haut ist warm und weich und die Art und Weise, wie sich ihre Atmung beschleunigt, kaum dass ich sie berühre, macht mich unheimlich an. Männer, die sagen, dass sie ihre Frauen nicht mehr sexy finden, wenn sie schwanger sind, sind Idioten.

»Schlaf mit mir«, haucht Abby dicht an meinem Hals, lässt sich von meinem Schoß gleiten und zieht mich mit in Richtung Boden.

Auf dem dicken Teppich vor dem Kamin kommt sie zum Liegen und ich folge ihr, wobei sie mir das Hemd von den Schultern streift.

»Was denn, darauf bist du aus? Ich dachte, wir spielen gleich eine Runde Monopoly.«

»Blödmann«, grinst sie, drängt sich gegen mich und gräbt ihre Nägel in meinen Rücken.

So ungestüm kenne ich sie gar nicht, aber ich kann nicht sagen, dass mir das nicht gefällt.

Ich helfe ihr, ihren dünnen Pullover auszuziehen, sehe ihr in die Augen und mir wird klar, dass das Glück in ihrem Blick echt und tief ist und dass ich alles tun werde, damit es so bleibt. Alles, was in meiner Macht steht.

Und das, was nicht in meiner Macht steht, schaffe ich irgendwie auch.

ABIGAIL

Mein ganzer Körper kribbelt, als würde ich in einer Wanne voller Brause liegen, als er mir den BH auszieht, sich über mich beugt und seine Lippen sanft über meine Brüste gleiten lässt.

Ich schließe die Augen, konzentriere mich nur auf seine zärtlichen Berührungen.

Wie oft ich mir früher vorgestellt habe, Sex mit ihm zu haben, kann ich gar nicht zählen. Nächtelang lag ich wach und stellte mir vor, wie er im Bett sein würde – unerfahren oder erfahren? Vorsichtig oder fordernd?

Als wir dann zum ersten Mal miteinander schliefen, stellte ich fest, dass all meine Fantasievorstellungen falsch waren.

Mit Malcolm zu schlafen, fühlt sich an, als wäre ich die einzige Frau auf der ganzen Welt. Er vereinnahmt mich völlig, er ist zärtlich und leidenschaftlich und er überrascht mich, weil ich nie das Gefühl habe, dass er ein Programm abspult. Der Sex mit ihm ist jedes Mal anders und als er heute Abend anfängt, sich eine Spur an meinem Oberkörper hinunterzuküssen, über meine

Rippen, meinen Bauchnabel, hin zu meinem Unterleib, werde ich fast verrückt.

Ich kneife die Augen zu und greife mit einer Hand in sein Haar, als seine Lippen ganz sacht die weiche Haut oberhalb meines Schambeins kitzeln. Dann streift er mir den Slip von den Hüften, gleitet ein Stück tiefer und ich stöhne leise, als seine Zunge über meinen Venushügel gleitet.

Ganz automatisch spreize ich die Beine ein wenig, aber Malcolm lässt sich Zeit. Er küsst die Haut oberhalb meiner Scham, saugt leicht daran, und als er endlich noch ein Stück weiter nach unten rutscht, denke ich schon, dass er mich gleich erlösen wird ... aber stattdessen widmet er sich nun mit seinem Mund den Innenseiten meiner Oberschenkel, und auch dabei lässt er sich jede Menge Zeit.

»Gott«, hauche ich, aber das beeindruckt ihn auch nicht weiter.

Er richtet sich leicht auf und ich spüre seinen Atem an meiner empfindlichsten Stelle – mehr nicht, aber ich bin mittlerweile so überreizt, dass das allein ausreicht, damit sich mein Unterleib zusammenzieht.

»Malcolm, ich kann nicht ...«

Er wartet nicht, bis ich ausgeredet habe, und ich glaube, dazu wäre ich gerade auch gar nicht in der Lage. Kurz sehe ich zu ihm runter, unsere Blicke treffen sich und ich kann gar nicht sagen, was in seinen Augen liegt – eine Mischung aus Liebe und Entschlossenheit?

Egal, was es ist, es trägt dazu bei, dass ich mich nicht länger zusammenreißen kann.

Seine Lippen senken sich auf meine Mitte, seine Zunge berührt mich eigentlich kaum, doch das reicht, um in mir einen heftigen, süßen, wellenartigen Orgasmus auszulösen.

Keuchend winde ich mich auf dem Teppich, mit der Wärme des Kaminfeuers auf meiner Haut, und jeder letzte Rest von klaren Gedanken verschwindet aus meinem Kopf.

Es dauert, bis ich wieder in der Lage bin, mich zu rühren. Malcolm rutscht zu mir hoch, küsst mich sanft auf den Mund und ich spüre, dass ich heute Nacht noch viel mehr von ihm will.

Fahrig greife ich nach dem Gürtel seiner Hose und öffne ihn, helfe ihm dabei, die Jeans und seine Boxershorts runterzuziehen, auf denen sich – ausgerechnet – Minions befinden.

Ich lache heiser, ziehe ihn an mich und als er in mich eindringt, küssen wir uns so hingebungsvoll und atemlos wie nie zuvor. Es ist verrückt, wie gut es sich anfühlen kann, mit jemandem zu schlafen. Nicht, dass ich den Sex früher nicht genossen hätte, aber mit dem Mann, den ich wirklich liebe, ist er umso schöner. Wie er sich in mir bewegt, wie er mir dabei immer wieder in die Augen sieht und wie ich es genieße, ihm meine Lust zu zeigen ... Ich glaube, das könnte ich mit keinem anderen Mann so erleben.

Ich küsse ihn wieder, noch leidenschaftlicher als zuvor, und höre erst auf, als mir die Luft knapp wird. Ich weiß, dass es nicht der letzte Kuss dieser Art ist, den wir teilen.

Weil heute Nacht der Beginn unserer gemeinsamen Zukunft ist. Es wird eine gute Zukunft sein – erfüllt von mehr Liebe, als ich mir je vorstellen konnte.

KAPITEL 6

MALCOLM

Es ist noch nicht richtig hell, als ich aufstehe – vorsichtig, um Abby nicht zu wecken. Wir haben auf dem dicken Teppich vor dem Kamin geschlafen, der irgendwann während der Nacht ausgegangen ist. Unsere Klamotten liegen überall verstreut und ich brauche eine Weile, bis ich meine Sachen aus dem ganzen Chaos sortiert habe. Schnell ziehe ich mich an und werfe einen Blick aus einem der Fenster.

Draußen ist es so neblig, als wären wir zu Hause in Berkeley, das häufig von dem dünnen weißen Dunst eingehüllt wird, der typisch für die San Francisco Bay ist. Halb rechne ich damit, dass Abigails Dad schon vor der Tür steht, in Begleitung von zwei Gorillas, die dafür sorgen sollen, dass ich mich in Zukunft von seiner Tochter fernhalte. Aber da ist niemand – eine Tatsache, die mich hoffen lässt.

Vielleicht findet er die Wahrheit nie heraus. Oder zumindest erst dann, wenn ich alles in Ordnung gebracht habe, wenn ich die Idee, die mir gestern Abend kam, in die Tat umgesetzt habe.

Mir ist etwas klargeworden, noch klarer als zuvor: Das mit Abby und mir hat schon als etwas Besonderes begonnen und es wird von Tag zu Tag besonderer. Es ist längst keine einfache Verliebtheit mehr. Wir sind auf dem Weg, eine Familie zu werden und ich will, was das angeht, alles richtig machen.

Ihr und auch ihren Eltern zeigen, dass ich immer an ihrer Seite sein werde, dass sie nie mehr fürchten muss, mich zu verlieren.

Ich ziehe meine Schuhe an und höre es aus der Richtung des Kamins rascheln. Über die Schulter sehe ich zu Abby. Sie dreht sich auf die Seite, die Decke rutscht dabei von einem ihrer langen Beine. Sie tastet neben sich herum, offenbar auf der Suche nach mir. Einen kindischen Moment lang überlege ich, ob ich einfach abhauen soll, bevor sie merkt, dass ich nicht mehr neben ihr liege und anfängt, sich zu wundern.

Doch so, wie ich sie kenne, wird sie im Halbschlaf sowieso nicht allzu viele Fragen stellen.

»Malcolm ...?«, nuschelt sie, hebt den Kopf ein Stück und sieht sich träge um.

Wie schafft sie es, der einzige Mensch auf der Welt zu sein, der direkt nach dem Aufwachen nicht scheiße aussieht?

Ich schiebe mich am Sofa vorbei und gehe neben ihr in die Hocke. »Hier bin ich.«

»Warum bissu schon auf?«, will sie wissen und greift nach meiner Hand.

Ich verschränke meine Finger mit ihren und erwidere: »Ich fahre ... zurück. Ich muss ganz dringend was regeln wegen der Uni.«

Das ist noch nicht mal gelogen. Schließlich muss ich tatsächlich dafür sorgen, dass ich nicht bald von der UC fliege, weil ich meinen Studienkredit nicht mehr zahlen kann.

Abigail lässt sich zurück aufs Kissen sinken und macht ein Geräusch, das nach einem frustrierten Waschbären klingt. »Ich wollte dir doch die Stadt zeigen … und den Park …«

Ich gebe ihr einen Kuss auf die Hand. »Wir holen das nach. Versprochen.«

»Ich weiß nicht, ob ich das dann noch will«, sagt Abby beleidigt, aber das Funkeln in ihren Augen verrät mir, dass sie nur scherzt.

Ich beuge mich zu ihr herunter und drücke einen Kuss auf ihre weichen Lippen. »Leihst du mir dein Auto, wenn ich dich morgen wieder hier abhole?«

»Meine Eltern könn' mich fahren«, sagt sie schläfrig und ihre Augen fallen schon wieder zu. »Seh'n wir uns dann morgen Nachmittag beim Sondertraining?«

Das Sondertraining. Daran hatte ich gar nicht mehr gedacht. In ein paar Tagen findet das nächste wichtige Spiel der Eagles statt und zu diesem Zweck muss sowohl die Mannschaft als auch das Cheerleading-Team morgen nochmal eine Einheit auf dem Eis absolvieren.

»Ich würde mich freuen, wenn du weiter mitmachst«, sagt Abby leise. »So seh'n wir uns mehr.«

Sie geht nicht nochmal darauf ein, wieso ich überhaupt erst mit dem Training angefangen habe und ich bin froh darüber. In Anbetracht von allem, was sich in den letzten Tagen ergeben hat, kommen mir meine dämlichen Selbstzweifel ziemlich albern vor. Genau wie die Vorstellung, eine Frau an mich binden zu können, indem ich mir einen athletischeren Körper zulege.

Trotzdem macht mir das Training Spaß und Abigail beim Cheerleading zuzusehen, ist ein zusätzlicher Bonus. Also werde ich weiter dabei sein, wenn ich auch nie ein richtiges Mitglied der Eagles sein werde.

»Geht klar«, sage ich darum. »Dann sehen wir uns morgen.«

Ich gebe ihr einen weiteren Kuss, sie streicht mit der Hand fahrig über meine Wange. »Fahr vorsichtig«, sagt sie und ich spüre Nervosität in mir aufsteigen.

Nicht etwa wegen der Fahrt.

Sondern wegen dem, was danach auf mich wartet.

ABIGAIL

Erst ein paar Stunden nachdem Malcolm gefahren ist, bin ich wach genug, um rüber zu Mom und Dad zu gehen. Dass Malcolm so spontan abgehauen ist, hat mich nachdenklich gemacht. Ich lag bestimmt eine Stunde herum und habe gegrübelt, bis ich dann doch wieder eingeschlafen bin.

Ich habe beschlossen, mir nicht zu viele Gedanken zu machen, denn was auch immer Malcolm zu regeln hat, kann eigentlich nichts Ernstes sein. Wahrscheinlich hat es mit einem seiner vielen Nebenjobs zu tun. Obwohl er praktisch ein Genie ist, hat er kein Stipendium und muss das ganze Studium aus eigener Tasche zahlen, wofür ich ihn sehr bewundere.

Bei mir zahlen meine Eltern alles.

Ich betrete das Haus über die Veranda und finde sie beide im Wintergarten vor. Sie sitzen am Tisch, reden leise, verstummen aber gleich, als ich reinkomme.

Dad hat seinen Laptop vor sich stehen und klappt ihn schnell zu.

»Morgen«, sage ich irritiert.

»Liebes!« Mom strahlt mich an. »Wie habt ihr geschlafen?«

»Gut«, sage ich und komme mit einem bezeichnenden Blick auf den Laptop näher. »Geheimnisse?«

Dad sieht etwas nachdenklich auf den Pulli, den ich trage – es ist einer von Malcolms Hoodies, auf dem sich ein Donkey-Kong-Motiv befindet.

»Ist Malcolm gar nicht mehr da?«, fragt er und ich muss fast lachen, weil er so ein mieser Lügner ist.

»Du hast gesehen, wie er gefahren ist, oder?«

Dad blickt mich jetzt direkt an. »In aller Herrgottsfrühe«, sagt er, so als wäre etwas Schlimmes daran.

Auf einmal fühle auch ich mich ein bisschen verunsichert.

»Griffin«, tadelt meine Mom meinen Dad, dann sieht sie mich an. »Abby, setz dich doch erstmal. Wir haben was vom Frühstück für euch aufbewahrt.«

Doch ich ignoriere sie und sehe weiter meinen Vater an. »Ist irgendwas?«

Er erwidert meinen Blick immer noch. »Wie lange kennst du Malcolm schon?«

Ich runzle die Stirn. »Hast du jetzt plötzlich doch was gegen ihn?«

Mein Vater schüttelt den Kopf. »Er kam mir wie ein netter junger Mann vor und ich bin mir sicher, dass er das auch ist. Mich wundert nur, dass er heute Morgen so plötzlich geflüchtet ist.«

Noch einen Moment lang sehe ich ihn an und werde das Gefühl nicht los, dass da noch etwas ist.

Andererseits waren meine Eltern eigentlich immer total offen zu mir, also würden sie es mir wahrscheinlich sagen.

Trotzdem frage ich: »Ist das wirklich alles?«

»Absolut«, sagt mein Dad und ich seufze innerlich.

Es ist wohl offenbar nur das ganz normale väterliche Misstrauen dem Freund seiner Tochter gegenüber, weshalb er sich so aufführt. Kein Wunder. Malcolm ist der Erste, den ich seit der Highschool mit nach Hause gebracht habe.

Eigentlich wollte ich erstmal duschen, aber jetzt fasse ich mir ein Herz, setze mich zu Mom und Dad und beschließe, ihnen mehr von dem Mann zu erzählen, den ich liebe. Wenn sie erfahren, was er alles leistet, werden sie schon mit ihrem Misstrauen aufhören.

Doch etwas geht mir nicht aus dem Kopf. Der eilig zugeklappte Laptop. War mein Vater gerade dabei, Malcolm online zu stalken?

Na, viel Spaß dabei.

Mehr als ein paar Gaming Scores wird er dabei wohl kaum finden ...

Oder?

Obwohl ich mir alle Mühe gebe, mich vor meinen Eltern für Malcolm einzusetzen, hat das Misstrauen meines Vaters mich nachdenklich gemacht. Es ärgert mich, dass ich mich habe infizieren lassen, aber mir geht Malcolms plötzlicher Aufbruch nun einfach nicht mehr aus dem Kopf.

Morgen, das nehme ich mir fest vor, werde ich rauskriegen, warum er so schnell wegmusste.

Ganz bestimmt ist die Erklärung total harmlos.

MALCOLM

Ich bin so aufgeregt, dass mir schwindelig ist, doch da muss ich jetzt durch.

Nachdem ich Abbys Eltern kennengelernt habe, ist mir klar geworden, dass ich dringend mit meinem Vater reden muss.

Hier bin ich nun.

Meine Hände zittern, während ich dem schwarz gekleideten Mann in den Besucherraum folge. An den Wochenenden ist offizielle Besuchszeit, darum musste ich keinen Antrag stellen. Insgeheim wundert es mich jedoch, dass mich mein Vater überhaupt als potenziellen Besucher angegeben hat. Er muss damals sehr einsam gewesen sein.

Der Gang, durch den der Wärter und ich laufen, ist schmal und weiß gekachelt. Alles hier wirkt seltsam steril – wie in einer Psychiatrie oder einem Leichenschauhaus.

Mir wird ein bisschen kälter, als ich mir vorstelle, wie es sein muss, hier sein Leben zu verbringen. Wie ich meinen Vater kenne, hat er sich längst mit den Umständen abgefunden.

Wahrscheinlich hat er hier drinnen sogar alle in der Hand.

»Sie kennen die Regeln?«, fragt mich der schwarz gekleidete Wärter und bleibt vor einer Metalltür stehen.

Ich nicke. »Ich darf ihm keine Gegenstände hinüberwerfen, ihn nicht zu irgendwelchen Straftaten anstacheln, meine Hände müssen immer sichtbar sein und wahrscheinlich darf ich auch keinen auf Superman machen und ihm zur Flucht verhelfen.«

Der Wärter sieht mich einen Moment streng an und scheint zu überlegen, ob ich mir für diesen Spruch eine Rüge verdient habe. Dann nickt er allerdings nur und öffnet die Tür.

»Tisch 6.«

Ich trete in den kleinen, schmalen Raum ein, der in der Mitte von einer massiven Glaswand unterteilt wird. Sieben Hocker stehen auf meiner Seite der Trennwand, nur zwei davon sind besetzt, von Frauen, die in den Telefonhörer schluchzen.

Auf der anderen Seite der Wand sitzen die Häftlinge.

Meinen Vater erkenne ich sofort, dafür bräuchte es die dicke schwarze Sechs über seinem Platz überhaupt nicht. Auch wenn sein Haar mit den Jahren grau und sein Gesicht eine Spur feister geworden ist, könnte ich ihn anhand seines Blicks unter tausenden ausmachen.

Er scheint mich ebenfalls direkt zu erkennen, denn seine Stirn kräuselt sich, als versuche er abzuwägen, was ich hier zu suchen habe.

Ich merke erst jetzt, dass ich noch immer an der Tür stehe und gehe auf ihn zu. Dabei bemühe ich mich, ruhig zu bleiben, obwohl mir ziemlich übel ist. Mein Herz rast wie beim Eishockey-Training und ich frage mich, ob das hier eine gute Idee ist.

Langsam lasse ich mich auf den Hocker sinken und mustere meinen Vater, der auffordernd den Telefonhörer in die Hand nimmt und etwas sagt.

Durch das dicke Glas kann ich ihn nicht verstehen, also nehme ich ebenfalls den Hörer und halte ihn mir ans Ohr.

»... hast es in all den Jahren auch mal für nötig gehalten, herzukommen?«

Das geht ja gut los. Er hat also nach elf Jahren nichts Besseres zu tun, als mich mit Vorwürfen zu bombardieren. Das sieht ihm ähnlich und ich bin froh, dass ich längst über den Punkt hinweg bin, an dem mich seine Worte verletzen können. Mein Dad löst keinerlei Emotionen mehr in mir hervor. Nicht einmal Abscheu.

»Hast du mich besucht?«, gebe ich stattdessen zurück.

Die wässrig blauen Augen meines Vaters richten sich direkt auf mich. Ich erkenne ein paar geplatzte Adern und auflodernde Wut darin.

»Spielt eigentlich auch keine Rolle«, fahre ich fort, denn das tut es wirklich nicht.

Was früher war, ist Geschichte. Eigentlich bin ich kein Mensch, der zurückblickt und ich hätte wahrscheinlich auch niemals einen Fuß in dieses Gefängnis gesetzt, wenn Abby nicht gewesen wäre.

»Ich möchte nur wissen, wo das Geld ist.«

Die Augen meines Vaters ruhen noch einen Moment auf mir, dann bricht er in Gelächter aus, das ich schweigend über mich ergehen lasse.

Als er fertig damit ist, mich auszulachen, wiederhole ich meine Frage.

»Ist das dein Ernst, du kleiner Hosenscheißer?«

Ich sehe meinen Dad jetzt ungerührt durch das Glas an und nicke.

»Du glaubst ernsthaft, dass du auch nur einen Cent von dem Geld sehen wirst?«

Wieder nicke ich. »Wer denn sonst? Soweit ich weiß, hat Mom sich bereits vor Jahren aus dem Staub gemacht. Du bist der Einzige, der weiß, wo das Geld ist und du sitzt hier fest. Für den Rest deines Lebens.«

»Ich verrotte hier drinnen und das Geld verrottet dort draußen«, zischt mein Vater, dann presst er den Mund so fest zusammen, dass er zu zwei blutleeren Strichen wird.

Ich lasse mich von ihm und dieser Nummer nicht beeindrucken. Wir wissen im Endeffekt beide, dass ich am längeren Hebel sitze.

»Ich schlage dir einen Deal vor, den du dir gut durch den Kopf gehen lassen solltest, bevor du antwortest. Denn wenn du nein sagst, stehe ich auf und bin weg. Für immer. Du hast also nur diese eine Chance. Verstanden?«

Mein Vater macht den Mund auf, aber ich lege mir einen Finger auf die Lippen.

»Psscht. Zuhören. Sonst bereust du es vielleicht.« Ich versuche, kühl zu reden. Leise und etwas tiefer als normal, so wie es die Mafiapaten in den Games immer machen, die ich spiele.

Ich weiß, dass das ziemlich einschüchternd wirkt und auch bei meinem Dad scheint es zu funktionieren, denn er hält tatsächlich die Klappe.

»Du wirst mir jetzt sagen, wo das Geld ist. Ich werde es holen und dir die Hälfte abgeben.«

»Das glaubst du doch selbst nicht«, empört sich mein Vater.

Wieder lege ich mir einen Finger auf die Lippen und er schweigt.

»Ich weiß, dass du denkst, ich würde mich mit der Kohle aus dem Staub machen, aber das werde ich nicht, weil du noch etwas für mich tun musst.« Ich mache eine kurze, bedeutungsschwere Pause, dann rede ich weiter. »Du wirst zugeben, dass du mich damals gezwungen hast. Für dich macht es keinen Unterschied.«

Mein Vater muss nicht lange überlegen. Wenn er mich entlastet, hat er keinen Nachteil. Allerdings hätte er durch die Hälfte des Geldes einen entscheidenden Vorteil, denn wenn ich eins über Gefängnisse weiß, dann, dass Geld hier drinnen fast noch mehr wert ist als außerhalb dieser Mauern.

»Ich will zuerst die Kohle, dann rede ich.«

»Sobald ich es habe, überweise ich dir die Hälfte. Und solltest du dein Versprechen nicht halten, ziehe ich die Überweisung wieder zurück.«

Wieder denkt Dad einen Moment nach, aber eigentlich liegt die Sache auf der Hand. Er hat nichts zu verlieren, also willigt er ein.

Ich bin mit einem Mal unendlich erleichtert, dass alles so glatt gelaufen ist.

Jetzt kann mein neues Leben mit Abby beginnen.

MALCOLM

Folge 111
The Ivy Diary
Podcast

»Hi Leute.

Ihr wundert euch wahrscheinlich, dass ihr heute zu einer ganz anderen Zeit von mir hört als sonst. Es ist früher Nachmittag, es ist noch lange nicht dunkel – vermutlich bringe ich gerade euren ganzen Tag-Nacht-Rhythmus durcheinander. Noch dazu müsst ihr mich heute in ziemlich beschissener Qualität ertragen, da ich diese Folge mitten auf dem Freeway im Auto mit meinem Handy aufnehme.

Was soll ich sagen? Ich habe eine wichtige Frage und ich weiß nicht, mit wem ich sonst darüber reden soll.

Ich nehme an, diese Frage wäre eigentlich der perfekte Anlass für eins dieser Vater-Sohn-Gespräche, die wir alle aus dem Kino kennen. Um ehrlich zu sein, komme ich gerade sogar von meinem Vater. Doch wenn es um das Thema Familie geht, läuft bei mir alles etwas anders als bei euch. Oder zumindest, nehme ich an, als bei den meisten von euch.

Mir ist schon klar, dass keine Familie perfekt ist …

Wobei, gestern habe ich die Eltern meiner Freundin kennengelernt und ich glaube, sie sind ziemlich nah dran.

Ich weiß genau, was ihr jetzt denkt.

Ihr glaubt, ich bin da aufgekreuzt, in meinem Diablo-II-T-Shirt, und wurde von einem Dad à la Jack Byrnes stundenlang in die Mangel genommen. Aber ihre Eltern sind total in Ordnung, und auch, wenn es einen kleinen Jack-Byrnes-Moment gab, finden sie die Vorstellung, glaube ich, ganz gut, dass ich ein Teil ihrer Familie werden könnte.

Das führt jedoch zurück zum ersten Punkt.

Meiner eigenen Familie.

Sie werden wissen wollen, wo ich herkomme, wie meine Eltern drauf sind, ob sie vielleicht ein nettes Mittelklasse-Paar sind oder ob mein Vater Ingenieur und meine Mutter Atomphysikerin ist.

Glaubt mir, selbst wenn meine Mutter Metal-Sängerin und mein Dad ein Stripper bei *Magic Mike Live* wäre, würde ich sie liebend gern mit zum nächsten Treffen bringen. Die Wahrheit sieht allerdings ein bisschen anders aus.

Meine Familie besteht aus Menschen, die – nein, ich setze falsch an. Wenn ich ehrlich bin, habe ich mich früher oft genug gefragt, ob meine Familie überhaupt aus Menschen besteht. Weil sie sich wie Tiere aufgeführt haben. Fremden gegenüber, einander gegenüber. Mir gegenüber.

Als ich dreizehn war, bekam ich eine neue Familie, zumindest so was in der Art, zumindest für eine gewisse Zeit.

Und jetzt? Jetzt bin ich am Zug. Ich habe die Chance, wieder Teil einer Familie zu werden. Meine Freundin und mich wird schon bald etwas verbinden, das für den Rest unseres Lebens … Ich weiß nicht, wie ich das beschreiben soll. Unser Mittelpunkt sein wird?

Wisst ihr, ich hätte irgendwie erwartet, dass mich das total überfordern würde. Doch das Gegenteil ist der Fall.

Auf einmal weiß ich genau, was ich zu tun habe. Was ich zu regeln habe, damit der nächste Abschnitt meines Lebens so großartig wird, wie es meine Freundin verdient. Nur bei einer Sache bin ich mir unsicher, und das ist der Grund für die heutige Sendung. Also, was ich euch fragen wollte, und ich hoffe, dass ich in den Kommentaren ein paar Antworten von euch bekomme:

Findet ihr, es ist nach zwei Monaten zu früh für einen Antrag?«

KAPITEL 7

MALCOLM

Als ich zurück zum Strandhaus komme, ist es bereits später Nachmittag. Es wird langsam dunkel über dem Meer und ich sehe den grauen Wellen eine Weile dabei zu, wie sie auf den Strand zu rauschen und dort im Sand verebben. Ich mag das Meer und frage mich, ob Abby und ich uns von dem Geld vielleicht eine Bleibe mit Blick aufs Wasser leisten können. Es wäre schön, wenn unser Kind am Strand aufwachsen würde.

Bevor ich mich in Träumereien verliere, muss ich jedoch das Geld erstmal finden. Das Gedächtnis meines Vaters scheint unter seinem Drogenkonsum gelitten zu haben, deshalb konnte er mir nicht ganz genau sagen, wo er es damals versteckt hat.

Unter einem Baum ...

Das bedeutet, dass ich rundherum werde suchen müssen.

Heute Abend, wenn es erst richtig dunkel ist, werde ich losgehen und es holen. Dann schließe ich endgültig mit meiner Vergangenheit ab.

Ich hole mein Handy aus der Tasche und schicke Abby eine kurze Nachricht. Nur einen kleinen Gruß, der sie wissen lässt, dass ich an sie denke und sie vermisse. Sofort kommt eine Antwort – eins ihrer missglückten Selfies. Sie hat ein Handtuch um den Kopf und wirft einen Kussmund in die Kamera. Ihre Augen sind halb zu und sie sieht superschläfrig aus. Ich schicke ihr schmunzelnd das Emoji von dem Typen mit dem Turban auf dem Kopf.

Dann steige ich aus und höre eine gedämpfte Stimme meinen Namen rufen.

Im Halbdunkel des späten Nachmittags sehe ich mich um und entdecke Jenson, der unten am Wasser entlang joggt.

Er winkt mir zu und ich entscheide kurzerhand, mich ihm anzuschließen, auch wenn der Muskelkater in jedem Teil meines Körpers noch immer quälend ist. Ein bisschen Ablenkung kann nicht schaden, also laufe ich kurzerhand los.

Das Rennen im Sand hat nichts von seiner Schwierigkeit eingebüßt und ich bereue bereits nach wenigen Metern, dass ich beschlossen habe, mit Jenson Sport zu machen.

Doch er wartet auf mich und ich möchte jetzt keinen Rückzieher machen.

»Hat dich der Ehrgeiz gepackt?«, fragt Jenson, als ich bei ihm bin und läuft in dem langsamen Tempo los, das er schon letztes Mal an den Tag gelegt hat, als ich mit ihm unterwegs war.

»Ich will einfach ein bisschen den Kopf frei kriegen«, gebe ich zu.

»Immer noch Probleme mit Abby? Ich dachte, ihr hättet euch wieder vertragen.«

»Haben wir auch.« Ich sehe hinab auf den Sand zu meinen Füßen. Sandige Spritzer haben sich bereits an meinen Hosenbeinen festgesetzt und meine Schuhe sehen aus, als hätte ich irgendeinen Wüstenkrieg bestritten.

»Aber?«

Ich seufze und schüttle den Kopf. Soll ich Jenson, der zwar mein Mitbewohner ist, von dem ich aber rein gar nichts weiß, außer, dass er Eishockey spielt, jetzt meine Lebensgeschichte erzählen? Nicht mal Abby kennt sie.

»Komm mir jetzt nicht mit ‚Lange Geschichte‘, wir haben Zeit.«

»Aber du musst dicht halten, versprochen?«

Jenson sieht mich ernst an. Das Trainingsshirt, das er trägt, ist am Kragen bereits durchgeschwitzt und ich frage mich, wie lange er hier draußen schon allein herum rennt.

»Klar«, sagt er. Nur dieses eine Wort. Wahrscheinlich ist es genau der Punkt, dass er nicht versucht, mir seine Verschwiegenheit zu beteuern, der mich ihm glauben lässt.

»Meine Familie besteht aus einer Horde von Drogendealern mit einer eigenen Methküche in den kalifornischen Bergen«, sage ich gerade heraus.

Jenson bricht nicht in Gelächter aus. Ich hätte erwartet, dass er meine Worte für einen schlechten Scherz hält und sich kaputt lacht, aber er nickt nur, also rede ich weiter.

»Mit fünf Jahren bekam ich von meiner Oma eine Gitarre geschenkt. Sie war alt und verkratzt, aber das Wertvollste, was ich je besessen habe. Ich habe darauf aufgepasst wie auf einen Schatz und mir selbst das Spielen beigebracht.«

Jensons Blick ist eine Spur fragender geworden. Er scheint sich zu wundern, warum ich jetzt über meine Gitarre mit ihm rede, doch er unterbricht mich nicht.

Also sehe ich wieder nach vorne und rede weiter, während ich durch den Sand jogge.

»Als mein Vater gemerkt hat, dass ich ein Naturtalent bin, hatte er eine Idee. Er hat die Drogen in meinem Gitarrenkoffer deponiert und mich auf der Straße spielen lassen. Die Junkies haben sich das Dope aus dem Koffer genommen und Geld hineingelegt. Meine Familie hat sie aus der Ferne beobachtet, damit sich keiner mit dem Stoff davon macht, ohne zu bezahlen. Sie waren so auf der sicheren Seite. Eine ganze Weile ging das gut. Ein kleines Kind, das Musik auf der Straße macht, verdächtigt niemand. Aber als ich älter wurde, ist die Polizei auf mich aufmerksam geworden. Mit dreizehn haben sie mich erwischt und was glaubst du, was meine Familie gemacht hat?« Erst jetzt schaue ich wieder zu Jenson hinüber.

»Gar nichts«, sagt er und trifft damit genau ins Schwarze.

»Ganz genau. Ich bekam eine Jugendstrafe und bin ins Heim gewandert.«

»Warum hast du deinen Vater nicht verpfiffen?«

»Weil ich das als meine Chance angesehen habe, weg zu kommen. In einem Heim ist es tausend Mal besser, als es bei meinen Junkie– und Dealer-Eltern jemals sein könnte.«

»Heftig.« Jenson sieht jetzt an meiner Stelle weg. Sein Blick verliert sich irgendwo auf dem Wasser und ich höre, wie er ein paar Mal durchatmet. »Und ich dachte immer, du kommst aus einer Familie von Computer-Genies.«

»Schön wäre es.« In dem Fall hätte ich es in den letzten Jahren vielleicht auch nicht nötig gehabt, eine ähnliche Karriere wie meine Eltern einzuschlagen, um mir das Studium leisten zu können. Mir ist klar, wie paradox es ist, dass ich, so sehr, wie ich sie verachte, ausgerechnet Gras verkaufe. Aber darin bin ich nun einmal gut. Und der Stoff an sich ist immerhin legal, wenn auch nicht auf dem Campus.

»Weiß Abby davon?«

Ich schüttle den Kopf. »Ich werde es ihr irgendwann sagen, aber noch nicht jetzt. Im Augenblick haben wir andere Probleme und ich will erst ein paar Angelegenheiten regeln.«

»Was für Angelegenheiten?«

»Geld-Angelegenheiten.«

Allein beim Gedanken daran, dass ich die Sache heute Abend in Angriff nehmen muss, fühle ich wieder diese ungute Aufregung in mir.

»Mein Vater hat früher einen Haufen Kohle vergraben. Er wollte damit irgendwann rüber nach Kanada und hat ständig was von einem Neuanfang gefaselt. Im Endeffekt kam es aber nie dazu.«

»Und dieses Geld willst du jetzt finden?«, rät Jenson.

»Ich weiß ziemlich genau, wo es ist.«

»Aber?«

»Eigentlich gibt es kein Aber.« Zwar hat mein Vater mir nicht die genaue Stelle sagen können, doch wenn ich ein bisschen Zeit habe, werde ich es schon finden. Die Frage ist nur, wie ich mir Zeit verschaffen soll. »Es liegt auf dem Grundstück meines Onkels. Er ist der Bruder meines Vaters und ein ziemlich aggressiver Säufer. Mein Vater hat sich mit ihm zerstritten, als er und die Methküche aufgeflogen sind. Ich konnte den ganzen dreckigen Familienstreit auf Newsseiten im Internet verfolgen und gehe davon aus, dass mich Onkel Hank nicht weniger hasst als meinen Vater. Wenn er mich also erwischt ...«

»Das ist alles?«, fragt Jenson.

Ich sehe ihn irritiert an. »Ich finde, das ist schon genug.«

Jenson blickt mich skeptisch an. »Das kriegen wir zusammen hin.«

Zusammen?

»Nein, nein, du verstehst das falsch. Ich kann dir von dem Geld nichts abgeben. Ich muss ...«

»Hey.« Jenson schüttelt grinsend den Kopf. »Sehe ich aus, als bräuchte ich Geld? Bring mir im Gegenzug einfach bei, wie man Rayman zockt. Dann sind wir beide quitt.«

Ich weiß gar nicht, was ich dazu sagen soll. Wieso tut Jenson das für mich, wir sind noch nicht mal Freunde. Oder?

Irgendwie habe ich das Gefühl, dass meine unschöne Familiengeschichte etwas in ihm ausgelöst hat. Eine gewisse Verbundenheit zwischen uns, die uns vielleicht wirklich noch zu Freunden machen kann. Wer weiß? Ich jedenfalls weiß nicht viel über Jenson. Möglicherweise hat er auch einfach Lust auf ein Abenteuer.

Am Ende stammle ich nur ein »Danke«.

Jenson haut mir auf die Schulter und dann sagt er etwas, das mich fast noch mehr erstaunt. »Das war jetzt eine gute Dreiviertelmeile.«

Als ich mich umdrehe, stelle ich fest, dass mich das Reden tatsächlich von den Schmerzen in meinen Beinen abgelenkt hat. Auch von dem Schwindel und dem schwarzen Flimmern vor meinem Gesichtsfeld, das mir schon beim letzten Training aufgefallen ist.

Das Strandhaus ist kaum noch in der Dunkelheit zu erkennen und ich befinde mich an einem Strandabschnitt, an dem ich vorher noch nie war.

Na, wenn das kein Fortschritt ist, was dann?

Die Farm, auf der Onkel Hank lebt, befindet sich gute zwei Stunden von Berkeley entfernt. Als Jenson und ich dort ankommen, ist es bereits tiefe Nacht.

Wir haben Jensons SUV im Wald geparkt und sind die letzten Meter zur Farm gelaufen. Es ist stockfinster auf dem Grundstück und wir kauern uns hinter einen Weidezaun, bis sich unsere Augen an die Schwärze gewöhnt haben.

Langsam erkenne ich das Haupthaus, in dem kein Licht brennt. Daneben befindet sich eine offene Scheune und dahinter liegen die Ställe, in denen wahrscheinlich noch nie Tiere gelebt haben. Früher hat mein Onkel dort ebenfalls Drogen hergestellt, aber ich weiß nicht, ob er das immer noch tut oder komplett dem Alkohol verfallen ist.

»Also, wo ist es?«, fragt Jenson leise.

»Zwischen der Scheune und den Ställen ist eine freie Fläche, auf der ein Baum steht. Unter diesem Baum hat mein Dad das Geld in einer Plastikdose vergraben.«

Jenson nickt, aber ich kann die Bewegung in der Finsternis nur erahnen. Da wir beide schwarz tragen, hebt sich lediglich Jensons Gesicht von der Dunkelheit ab. »Soll ich ihn ablenken, während du gräbst?«

Ich weiß nicht, ob das so eine gute Idee ist. Erstens kann es dauern, bis ich die richtige Stelle gefunden habe und zweitens ist mein Onkel dafür bekannt, dass er ziemlich gewalttätig sein kann. Ich könnte mir vorstellen, dass er nicht besonders erfreut ist, wenn Jenson mitten den der Nacht vor seiner Tür steht.

»Ich denke, dass er schon schläft. Vielleicht kannst du einfach Wache halten?«

»Klar.« Ich glaube, dass Jenson wieder nickt. »Hast du die Schaufel?«

Ich taste danach. Sie liegt neben mir im Gras und ich schließe meine Hand fest darum. Ich komme mir vor, als würde ich ein ziemlich nervenaufreibendes Quest spielen.

Nur, dass das hier die Wirklichkeit ist.

»Geht es dir gut? Du atmest so krass.«

Geht es mir gut? Ich bin mir nicht so sicher. Schon seit der Fahrt ins Gefängnis stehe ich permanent unter Strom. Ich bin so nervös, wie noch nie zuvor in meinem Leben und mein Magen fühlt sich an, als wäre ich eine Woche nonstop Achterbahn gefahren.

Ich bin für solche Abenteuer nicht gemacht und wäre ich immer noch Malcolm, der Nerd ohne Freundin, dann würde ich diese Sache ganz sicher nicht durchziehen.

Doch ich bin Malcolm Sanders, der Freund von Abigail Campbell, der bald Vater und möglicherweise sogar Ehemann wird. Und ich habe ein paar Dinge in

Ordnung zu bringen, die ich viel zu lange hingenommen habe.

»Komm einfach«, flüstere ich. »Bevor ich es mir anders überlege.«

Geduckt schleichen Jenson und ich zwischen der Scheune und dem Haupthaus hindurch. Auch wenn immer noch nirgends Licht brennt, haben sich meine Augen bereits so gut an das wenige Mondlicht gewöhnt, dass ich ein paar Einzelheiten erkennen kann. Die Gebäude auf der Farm scheinen allesamt ziemlich verfallen zu sein und die leise Hoffnung, dass Hank gar nicht mehr hier lebt, regt sich in mir.

»Okay, warte hier und mach irgendein Geräusch, sobald er aus dem Haus kommt.«

»Irgendein Geräusch?«, gibt Jenson leise zurück. »Soll ich heulen wie ein Kojote, oder was?«

Ich sehe ihn überrascht an. »Kannst du das denn?«

Jenson lacht leise. »Natürlich nicht, Mann.«

»Dann ...« Ich denke kurz nach. »Huste einfach.«

»Husten? Damit deinem Onkel gleich klar ist, dass jemand hier ist?«

Scheiße. Die Idee, Jenson als Wache abzustellen, hat mir eigentlich gefallen. Nur an der Umsetzung scheitert es jetzt.

»Kannst du bellen?«

»Ich kann brüllen wie ein Löwe«, sagt Jenson.

Ein Löwe hier in Kalifornien? Na ja, es gibt Berglöwen, aber wenn mein Onkel glauben würde, dass sich einer von denen auf sein Grundstück verirrt hat, würde er mit Sicherheit sofort zum Gewehr greifen.

»Fällt auch zu sehr auf«, sag ich daher nur. »So ein Mist …«

»Ich lass mir was einfallen.«

Ich hoffe nur, dass sein Einfall nicht darin besteht, zu trompeten wie ein Elefant. Denn mein Onkel ist vielleicht dauerbesoffen, aber nicht blöd.

»Also schön.« Alles ist besser, als noch länger hier herumzustehen und Zeit zu verschwenden.

Jenson klopft mir auf die Schulter, dann gehe ich ohne ein weiteres Wort zum hinteren Teil des Grundstücks.

Ich zwänge mich zwischen Haupthaus und Scheune hindurch und traue meinen Augen kaum. Dort, wo früher die freie Fläche und die Ställe waren, befindet sich jetzt ein riesiger Swimmingpool. Ich kann nirgends einen Baum entdecken und zweifle für einen Moment daran, dass ich hier überhaupt richtig bin.

Dann erkenne ich doch ein paar Dinge wieder.

Die Scheunenrückseite, an der früher ein Basketballkorb hing, der heute nur noch ein rostiges Gerippe ist. Die Veranda auf der Häuserrückseite und …

… die im Dunkeln aufglimmende Glut einer Zigarette.

»Hee, du da!«, hallt Hanks lallende Stimme durch die Nacht. »Was hast du hier zu suchen?«

Irgendwo flattern ein paar Vögel auf, aufgeschreckt von dem plötzlichen Geräusch.

Ich bleibe wie angewurzelt stehen, in der Hoffnung, dass er mich in der Finsternis nicht sieht.

Doch Hank muss schon eine Weile hier draußen sitzen. Seine Augen haben sich bereits an das wenige Licht gewöhnt und meine helle Haut muss leuchten wie ein Glow-in-the-Dark-Sticker.

»Ich habe dich was gefragt!« Hank nähert sich mir, wieder glimmt die Zigarette auf.

»Ich habe mich verfahren«, stammle ich.

Ich weiß, dass ich irgendetwas tun sollte, aber mir ist nicht klar, was das sein soll. Weglaufen kann ich nicht, denn Hank befindet sich genau zwischen dem Durchgang und mir.

»Scheiße, hältst du mich für blöd?«, lallt mein Onkel und wankt weiter auf mich zu. Er hält irgendwas in der Hand, das wie ein Baseballschläger aussieht. »Ausrauben wolltest du mich!«

»Nein, ich –«

Die Wolkendecke reißt auf und ich sehe, wie Hank vor mir den Schläger hochreißt. Doch er kommt nicht dazu, ihn mit voller Wucht auf meinen Kopf krachen zu lassen. Etwas prescht von der Seite auf ihn zu, tacklet ihn weg und dann höre ich nur noch ein Platschen, als mein Onkel im Pool landet.

»Komm schon, weg hier, bevor er noch eine Schrotflinte rausholt.« Jenson packt mich am Arm und ich brauche eine Sekunde, um zu kapieren, was hier gerade passiert   ist. Dann laufe ich mit Jenson los zurück in Richtung Auto.

Das Adrenalin pumpt wie verrückt durch meine Venen und sorgt dafür, dass ich nicht so schnell außer Atem bin, wie ich es eigentlich wäre.

Erst, als wir im Auto sind, realisiere ich, dass wir gescheitert sind.

Der Pool befindet sich dort, wo früher das Geld vergraben war und ehrlich gesagt ist es mir egal, ob er es erst gefunden und sich dann ein eigenes Schwimmbecken gebaut hat – oder ob er es bei den Bauarbeiten fand. Fakt ist, dass er es haben muss und jetzt macht er sich ein schönes Leben damit.

Das war's dann wohl mit dem Geldsegen und der getilgten Vorstrafe.

Es wäre auch zu einfach gewesen ...

Immerhin sind wir heil aus der Sache herausgekommen. Hanks kurzer Auftritt hat mir gezeigt, dass auch er sich, genau wie mein Vater, kein Stück verändert hat.

Ich mache innerlich drei Kreuze, dass ich nicht so bin wie sie.

Auch wenn mein Plan gescheitert ist, fühle ich mich dennoch nicht so niedergeschlagen, wie ich erwartet hätte. Ich werde mir schon etwas Neues einfallen lassen. Aber morgen steht erstmal etwas anderes an: mein Wiedersehen mit Abby. Es kommt mir vor, als hätten wir mindestens eine Woche getrennt verbracht und ich kann es kaum erwarten, sie wieder an meiner Seite zu haben.

ABIGAIL

»Hier verbringst du also einen Großteil deiner Zeit.« Mein Dad nimmt am Sonntagnachmittag auf der Tribüne der Eishockeyhalle Platz und wirkt dabei so fremd wie ein Ork in einem Shopping-Center.

Leise lachend stelle ich fest, dass ich schon anfange zu denken wie Malcolm. »Ich freu mich, dass du endlich mal dabei bist«, sage ich und drücke Dad kurz, ehe ich runter zum Eis gehe, um meine Schlittschuhe anzuziehen.

Mein Vater hat mich aus Pacific Grove hergefahren und wollte es sich nicht nehmen lassen, mir beim Training zuzusehen, bevor er nach Hause zurückkehrt. Obwohl er alles respektiert, was ich tue, war er bisher immer etwas skeptisch, was das Cheerleading angeht. Doch mittlerweile weiß er, dass es Teil meines Berufswunsches ist und scheint seine Einstellung geändert zu haben.

»Hey!« Mia kommt angefahren und stützt sich vor mir an der Bande ab. Sie ist als Einzige schon hier, so wie bei fast jeder Einheit, denn obwohl sie große Fortschritte macht, ist sie auf den Schlittschuhen noch eine Anfängerin und hat etwas mehr Übung nötig als der Rest von uns. »Na, wie haben deine Eltern die Neuigkeiten aufgenommen?«

Vor unserem Ausflug nach Pacific Grove habe ich ihr erzählt, dass Malcolm und ich uns vertragen haben und mit meinen Eltern reden wollen. Sie wirkte ernsthaft erleichtert, was mir wieder einmal zeigt, dass sie eine echte Freundin ist.

»Gut«, sage ich und deute hinter mich. »Da sitzt mein Dad.«

Überrascht winkt Mia ihm zu. »Dein Dad ist hier?«

»Ja, er hat mich gefahren.«

Ein besorgter Ausdruck tritt in ihre Katzenaugen. »Gab es wieder Streit zwischen Malcolm und dir?«

Ich schüttle den Kopf. »Nein, ganz und gar nicht.«

Wenn ich ehrlich bin, überkommt mich allerdings schon ein leicht mulmiges – oder eher nervöses – Gefühl, wenn ich daran denke, dass wir uns gleich sehen werden.

Der Grund ist, dass ich gestern Abend wieder seinem Podcast gelauscht und dabei gleich zwei Dinge erfahren habe.

Die eine Neuigkeit hat mir eine Erklärung dafür geliefert, dass er gestern so spontan wegwollte – sicher hatte er einiges an Planung vor sich. Außerdem macht sie mich sprachlos und kribblig zugleich und sorgt dafür, dass ich mich schon in einem weißen Kleid vor dem Altar sehe.

Ich finde nämlich, dass ein Antrag nach zwei Monaten keineswegs zu früh ist, auch wenn ich mich in den Kommentaren diesmal zurückgehalten habe.

Die andere Neuigkeit jedoch verrät mir, dass zwei Monate für etwas anderes sehr wohl zu kurz sind: nämlich dafür, einander wirklich zu kennen.

Ja, ich weiß eine Menge über Malcolm und er eine Menge über mich und auf einer tiefen, vertrauten Ebene verstehen wir uns blind.

Doch bis gestern hatte ich nicht die geringste Ahnung von seiner Familie und nach dem, was ich nun gehört habe, verstehe ich auch endlich den Grund, weshalb er über seine Herkunft schweigt.

Sie haben sich wie Tiere verhalten ...

Offenbar war seine Kindheit nicht so glücklich wie meine. Kaum vorstellbar, wenn man ihn heute sieht, denn Malcolm wirkt nicht wie jemand, der sowas mit sich herumträgt. Vielleicht tut er das ja auch gar nicht. Möglicherweise hat er seine Vergangenheit ganz einfach hinter sich gelassen.

Ich bin nicht sicher, ob ich ihn darauf ansprechen sollte oder nicht.

Gedankenverloren streichle ich über meinen Bauch, auch wenn ich dort bisher noch nicht mal eine kleine Rundung spüre. Trotzdem fühle ich das Baby, das in mir heranwächst, so als hätten wir eine magische Verbindung.

»Weiß es eigentlich Trainerin Price schon?«, will Mia wissen und reißt mich damit aus meinen Überlegungen.

Ich schüttle den Kopf. »Sie würde mich bestimmt sofort suspendieren. Meine Frauenärztin sagt zwar, dass Sport in den ersten zwei Dritteln total okay ist, doch ich glaube nicht, dass Price da mitzieht. Aber zumindest, bis ich dick und unförmig werde, wäre ich hier gern noch dabei.«

Mia sieht mich ein bisschen nachdenklich an und auch ich spüre die leise Angst wieder in mir aufsteigen, die komischerweise immer dann hochkommt, wenn Malcolm nicht da ist.

»Du wirst nicht dick und unförmig, Abby«, sagt Mia entschieden. »Du bekommst einen Babybauch, dann kriegst du ein Baby und sobald du wieder ins Studium einsteigst, kannst du auch hier wieder mitmachen.«

Ich atme tief durch. Das klingt alles unkompliziert und im Grunde ist es das ja auch. Kind und Karriere – viele moderne Frauen schaffen es, beides zu vereinen. Vielleicht ist es Zeit, dass ich etwas einsehe: Menschen verändern sich.

Ich verändere mich. Bald bin ich nicht mehr Abby, das Cheerleader-Mädchen, sondern Abby, die sportliche junge Mama, die ihr Familienglück schon gefunden hat, während alle anderen noch suchen.

Wer hätte das ausgerechnet von mir gedacht?

Ich denke an unsere Zukunft.

Malcolm, unser Baby und ich in einer kleinen Wohnung oder einem Häuschen. Wir werden Kindergeburtstage feiern und Christbäume dekorieren und am vierten Juli ... Mit mir wird er die glückliche Familie haben, die er früher offenbar nicht hatte.

»Da ist ja unsere Chefin!«, ruft Grace von weitem.

»Zurück vom romantischen Wochenende«, höre ich Suzan kichern und sehe Mia schnell an.

»Sie wollten wissen, wo du bist, aber ich habe nicht gesagt, weshalb ihr bei deinen Eltern wart«, versichert sie mir leise.

Ich atme erleichtert aus. »Kannst du dichthalten, bis ich den dritten Monat geschafft habe?«

Mia nickt sofort und ohne Fragen zu stellen. Wahrscheinlich kann sie sich denken, dass ich die Schwangerschaft während des kritischen ersten Trimesters noch nicht an die große Glocke hängen möchte.

»Versprochen«, sagt sie. »Und jetzt komm aufs Eis, du faule Mami.«

Mit einem Augenzwinkern fährt sie wieder los und ich beeile mich, meine Schlittschuhe anzuziehen. Vorfreude erfasst mich – auf das Training unter den stolzen Blicken meines Dads, aber vor allem darauf, gleich Malcolm wiederzusehen.

Verrückt, wie sehr ich ihn vermisse, obwohl er gestern Morgen noch bei mir war.

Ich bin gespannt, ob es ihm genauso geht.

MALCOLM

»Du bist ja schon wieder da, Rotschopf!« Während die anderen Eagles und ich mit geschulterten Schlittschuhen aus der Umkleide in den Kabinengang treten, geht Matt neben mir her und sieht mich überrascht an.

»Die Liebe ist viel mächtiger als die Vernunft«, erwidere ich – schließlich hat Abby gesagt, dass sie sich freuen würde, wenn ich komme.

Matts Augen leuchten. »Staffel acht, Episode sechs!«

Ich mustere ihn von oben bis unten. »Kann sein, ja.« Ich habe alle Folgen von Game of Thrones gesehen, aber ich merke mir bestimmt nicht, welcher Spruch aus welcher Episode stammt.

Matt grinst. »Alle haben die Folge gehasst, aber für mich war es eine der besten.«

Immer noch sehe ich ihn an, und zwar ziemlich misstrauisch.

Warum ist er auf einmal so nett?

Es gibt wohl nur einen Weg, das herauszufinden.

»Warum bist du auf einmal so nett?«, frage ich ihn zweifelnd.

»Stört dich das etwa?«, will Matt wissen. »Soll ich dich lieber wieder anrempeln?« Spaßeshalber und nicht sehr fest stößt er mich mit der Schulter an.

»Solange du aufhörst, meiner Freundin sexistische Sprüche zu drücken, ist alles gut«, erwidere ich und lasse mich von ihm gar nicht aus der Ruhe bringen.

Matt Lewis ist ein komischer Typ, das fand ich schon immer. Ein bisschen zu laut, ein bisschen zu fahrig.

Steinreich, soweit ich weiß. Schwer zu durchschauen und, wie restlos alle an der Uni sagen, ein rücksichtsloser Arsch. Doch das schüchtert mich nicht ein.

»Hör mal, ich mach doch nur Spaß«, sagt er und zuckt mit den Schultern. »Wirklich. Alle nehmen mich immer viel zu ernst, dabei ... Ich mach nur Spaß, echt.«

»Vielleicht solltest du dir das mal auf ein T-Shirt drucken lassen«, schlage ich vor.

Matt sieht gereizt zu mir rüber – dann fängt er wieder an zu grinsen. »Du kannst froh sein, dass ich Game-of-Thrones-Fan bin, Klugscheißer. Sonst hättest du jetzt eine hängen. Aber ...«

Ist das auch nur Spaß?

»Wie heißt es so schön? Alles vor dem Wort Aber ist nichts als ein Haufen Scheiße«, gebe ich zurück, klopfe ihm auf die Schulter und trete aus dem Kabinengang.

Hinter mir höre ich Matt noch lachen. »Staffel sieben, Folge eins!«, ruft er mir nach.

Dann erreiche ich hinter ein paar anderen Eagles die Halle – und schon fliegt Abigail in meine Arme.

Sie kommt auf ihren Schlittschuhen angesaust und reißt mich beinahe um. Ihr Vanilleduft hüllt mich ein und wir schlittern gemeinsam ein Stück nach hinten, bis wir die Bande neben dem Eingang erreichen.

»Vorsicht«, grinse ich und nehme sie in die Arme. »Du tust ja fast so, als hätten wir uns seit 33 Stunden nicht gesehen.«

Abby strahlt mich an. »Du hast auch die Stunden gezählt?«

»Nein, Unsinn«, behaupte ich. »Ich habe nur geraten.«

Dann gebe ich ihr einen Begrüßungskuss, wobei ich ihren vom Training erhitzten Körper in meinen Armen halte. Sie erwidert meinen Kuss stürmisch und ich würde am liebsten mit ihr ...

»Mein Dad ist hier«, murmelt sie, kaum dass sich unsere Lippen voneinander gelöst haben und ich sehe sie schockiert an.

»Warum sagst du das erst jetzt?«

So wie ich Abby gerade geküsst habe, kann man eine Frau auf keinen Fall vor den Augen ihres Vaters küssen!

Sie deutet in Richtung Tribüne, ich drehe mich um und entdecke Griffin, der mir fröhlich zuwinkt.

Perplex hebe ich die Hand. »Dein Dad ist echt locker.«

»Meine Eltern sind super«, bekräftigt Abby, »und sie haben gestern den ganzen Tag von dir geschwärmt. Glaub mir, Malcolm, sie werden wie eine zweite Familie für dich sein. Eine richtige Familie.«

Ein bisschen verwundert sehe ich sie an.

Wieso sagt sie das so? Ahnt sie etwa was?

»Eagles, los geht's! Auch für dich, Sanders!«, schallt Coach Ridleys Stimme durch die Halle, gefolgt von einer Trillerpfeife.

»Auch für mich«, seufze ich und lasse Abby unwillig los.

Ich habe mir da wirklich ganz schön was eingebrockt, aber ich spüre schon jetzt, dass es die richtige Entscheidung war. Auch wenn mir nach dem Joggen gestern mit Jenson alles wehtut, kann ich nicht für den Rest meines Lebens gar keinen Sport machen. Sonst kriege ich mit dreißig einen Herzinfarkt.

»Ich sehe dir zu«, flüstert Abby und küsst mich nochmal.

Okay, das bedeutet, ich muss mich ins Zeug legen. Vielleicht habe ich Glück und Matt holt zur Feier des Tages mal nicht seine Mister-Hyde-Seite raus. Dann könnte ich es vielleicht sogar sturzfrei schaffen.

»Bis nachher«, sage ich und küsse sie ebenfalls nochmal.

Dann fährt sie davon in Richtung Tribüne und ich schließe mich den Jungs an.

»Alle die Schuhe anziehen und dann trainieren wir die Turns!«, ruft Ridley.

Tom, der sich neben mir auf die Bank setzt, um seine Schuhe anzuziehen, sagt: »Schön in die Knie gehen, tief stehen, dann wird das schon.«

Ich nicke und bin gespannt, ob ich es auf die Reihe kriege. Diesen Slalom beim letzten Mal fand ich gar nicht so schwer, außerdem ist Schlittschuhlaufen nicht halb so anstrengend wie Joggen – zumindest glaube ich das.

Auch als Ridley uns dazu verdonnert, uns zehn Runden lang einzulaufen, finde ich das Training noch recht einfach.

Nach drei Runden kommen mir erste Zweifel. Auf Schlittschuhen ist man unglaublich schnell, wenn man erstmal richtig an Fahrt aufgenommen hat und es kostet mich einige Mühe, mich immer wieder auszubalancieren. Nach fünf Runden spüre ich meine mangelnde Fitness und als ich die zehn geschafft habe, fühlt es sich an, als hätte ich ein ausgewachsenes Workout absolviert und nicht erst den Anfang davon.

Aber Ridley ist natürlich noch lange nicht fertig mit uns.

»Okay«, ruft er. »Stellt euch an der langen Seite auf und dann macht ihr folgende Übung: Sprint bis zur Mitte, Drehung über die linke Seite. Zurück zur Bande, Drehung über die rechte Seite. Bis zum anderen Ende, Drehung über links, wieder zurück, Drehung über rechts! Nehmt eure Stöcke mit und schnappt euch jeder einen Puck, wer ihn verliert, dreht eine Ehrenrunde! Sanders – du lässt das mit dem Stock und dem Puck sein und konzentrierst dich darauf, nicht auf die Nase zu fallen!«

Ich nicke dem Coach zu und bin ziemlich erleichtert, denn ehrlich gesagt wüsste ich gar nicht, was ich mit dem Stock und dem Puck überhaupt anstellen sollte.

Gemeinsam mit den anderen gehe ich in Aufstellung, der Pfiff zum Start ertönt – und links und rechts von mir rasen alle los, als wäre eine Zombiearmee hinter ihnen her.

Auch ich fahre los, wenn auch lange nicht so schnell, was einerseits daran liegt, dass ich immer noch völlig außer Atem bin und andererseits daran, dass ich Probleme habe, mir die Übung zu merken.

Schon wieder ist mir total schwindelig und meine Konzentration nicht halb so gut wie normalerweise.

Kurz sehe ich zu Abby und ihrem Dad. Vor Griffin will ich mich echt nicht blamieren, also wie war das noch gleich?

Bis zur Mitte fahren. Eine Drehung über links.

Das kriege ich hin.

Dann fahre ich zurück, und als Nächstes kam wieder eine Drehung über links. Ich gehe ein Stück in die Knie, wie es mir Tom geraten hat, drehe mich herum, so fließend es geht …

»Rotschopf, über rechts!«, höre ich Matt von irgendwo plärren, doch dann ist es auch schon zu spät.

Ich knalle mit einem Spieler namens Eric Garner zusammen, einem kräftigen Kerl, der die Drehung in die richtige Richtung absolviert, während ich in der falschen unterwegs bin.

»Shit, sorry!«, bringe ich noch hervor – dann verliere ich das Gleichgewicht und knalle mit dem Rücken und dem Hinterkopf aufs Eis.

Wow, das war ein ganz schön harter Aufprall.

Himmel.

Einen Moment lang blicke ich an die Hallendecke, die sich über mir zu drehen scheint und sehe wortwörtlich Sterne.

Dann setze ich mich auf, während ich bereits von ein paar anderen Jungs umringt werde.

Einer von ihnen, ich komme grad nicht auf den Namen, hält mir ungefähr fünfzehn Finger hin. Er sagt etwas, aber ich verstehe seine Worte nicht.

Soll das ein Test sein? Spricht er in einer Fremdsprache, um zu prüfen, ob ich immer noch Malcolm, das Superhirn bin? Meine Stärken liegen eher im mathematischen als im sprachlichen Bereich, aber auch das mit den fünfzehn Fingern kann irgendwie nicht stimmen.

Coach Ridley kommt an, geht in die Hocke und sein Bart zappelt vor meinem Gesicht herum, während auch er etwas in dieser seltsamen fremden Sprache zu mir sagt. Ich kann sie nicht entziffern, sie ergibt einfach keinen Sinn für mich.

Wieso reden hier auf einmal alle Klingonisch?

Kühle Hände legen sich auf meine Wangen. Abby ist hier und dreht meinen Kopf zu sich, und in ihrem Blick erkenne ich etwas, das mir gar nicht gefällt.

Angst.

Auch sie redet auf mich ein, doch ich verstehe sie genauso wenig wie alle anderen. Dann verschwimmt sie mit einem Mal vor meinen Augen, so als hätte man ihr Gesicht mit dem Weichzeichner bearbeitet.

Ich blinzle – oder zumindest versuche ich es.

Doch kaum sind meine Augen zu, gehen sie nicht wieder auf. Mein Sichtfeld bleibt schwarz und ich höre noch einen Moment lang die panischen Stimmen um mich herum, die Worte in einer Sprache schreien, die irgendwie nicht meine ist.

Dann verstummen sie. Alles verstummt. Ehe ich auch nur ansatzweise kapiere, was hier los ist, bin ich ganz einfach nicht mehr da.

Als hätte jemand einen Schalter in mir umgelegt, bin ich weg.

KAPITEL 8

ABIGAIL

»Nein, nein, nein, nein! Malcolm! Bitte bleib wach!«

Während ihn die anderen behutsam auf das Eis sinken lassen, halte ich Malcoms Gesicht weiter fest und kann dabei meine eigene schrille Stimme kaum ertragen.

»Bitte bleib wach!«, flehe ich ihn an, auch wenn mir innerlich klar ist, dass er mich nicht hören kann.

Sein Körper wirkt leblos und er ist so blass, noch viel blasser als sonst.

»Abby, hey.« Slater fasst mich an der Schulter. »Er ist mit dem Kopf aufs Eis geknallt, das ist uns allen schon passiert. Ich bin mir sicher, es geht ihm gleich wieder gut.«

»Bringt ihn in die stabile Seitenlage«, fordert Coach Ridley und irgendwer löst meine Hände von Malcolms Wangen.

»Ruft einen Arzt!« Wieder Ridley, mit einem besorgten Beben in der Stimme, das mir gar nicht gefällt.

Egal, wie ruhig er zu reden versucht – auch das nervöse Flackern in Slaters Blick gefällt mir nicht.

»Er ist bewusstlos«, schluchze ich und merke erst jetzt, dass ich weine.

Slater nickt. »Auch das kommt beim Eishockey schon mal vor. Bitte mach dir jetzt nicht zu viele Sorgen.«

Ich soll mir nicht zu viele Sorgen machen. Das heißt nicht, dass ich mir *keine* Sorgen machen soll – es lässt die Möglichkeit offen, dass es richtig und angebracht ist, mir Gedanken zu machen und auch wenn Slater das sicher nicht bezweckt, machen seine Worte meine Panik nur noch schlimmer.

»Er muss aufwachen.« Zitternd wende ich mich Malcolm zu, der mittlerweile auf der Seite liegt und immer noch völlig leblos ist.

»Sollten wir ihn nicht vom Eis bringen?«, fragt Steve, der jüngste Spieler im Team, ziemlich aufgebracht.

»Nein. Mir gefällt das nicht. Wer weiß, ob er sich nicht was gebrochen hat.« Der Coach sieht nervös auf Malcolm runter.

Neben ihm steht Jenson, der leise telefoniert und ebenfalls wirkt, als wäre ihm das alles nicht geheuer.

Sie sollen damit aufhören! Sie sollen nicht so tun, als wäre gerade ein schlimmes Unglück passiert! Malcolm wird einfach wieder aufwachen, das muss er.

»Hey.« Ich beuge mich über ihn und streiche ihm eine schweißfeuchte Strähne aus der Stirn. »Hey, Schatz. Du machst doch jetzt keinen Mist, oder?«

»Abby ...« Wieder Slaters Stimme, aber ich ignoriere ihn und greife nach Malcolms schlaffer Hand.

Wieso schließen sich seine Finger nicht um meine, warm und beruhigend, wie sie es sonst immer tun? Wieso ...

Wieso musste ich ihn in seiner blöden Idee, hier mitzumachen, auch noch bestärken?! Nur weil die Vorstellung so schön war, dass wir auch diese Leidenschaft teilen könnten? Ich war so doof! Ich …

»Abigail. Kleines.« Auf einmal ist mein Dad da, inmitten all der hilflosen, verschwitzten Jungs. Er beugt sich über die Bande und zieht mich in die Höhe.

So gut das mit dem Hindernis zwischen uns geht, nimmt er mich fest in die Arme und sagt kein Wort, und ich bin unheimlich froh darüber.

Es gibt keine Worte, die das, was ich gerade fühle, besser machen könnten – die furchtbare Angst, die mein Herz stolpern lässt und nicht vergehen wird, bevor Malcolm wieder wach ist.

Ich lege den Kopf an die Schulter meines Vaters, höre in der Ferne bereits die Sirenen des Krankenwagens und flüstere in Gedanken immer wieder dieselben Worte: *Bitte lass ihn aufwachen. Ich brauche ihn. Du kannst mir alles wegnehmen, aber nicht ihn.*

Der grüne Plastikstuhl ist hart, die Luft riecht nach Desinfektionsmittel und ist viel zu stickig. Es ist so still hier, dass es mich fast wahnsinnig macht. Nur das Ticken der großen schlichten Uhr am Ende des Ganges ist zu hören, durchbrochen vom gelegentlichen Quietschen von Gummisohlen auf dem Krankenhausboden.

Jedes Mal springe ich auf, in der Hoffnung, dass jemand zu uns in den Flur kommt und uns endlich sagt, wie es Malcolm geht.

Doch bisher liefen nur gestresste Ärzte vorbei, die uns gar nicht registriert haben, oder Krankenschwestern, die zwar einen verständnisvollen Blick, aber keine Infos für uns hatten.

»Willst du einen Kaffee?«, fragt Jenson, der irgendwie seit der Eishalle nicht mehr von meiner Seite gewichen ist.

Ich weiß, dass einige andere aus dem Eishockeyteam ebenfalls hier sind und ich glaube, dass Mia, Grace und Su mit ihnen vor dem Krankenhaus warten. Doch Jenson ist der Einzige, der bei mir geblieben ist. Er hat bei Malcolms Einlieferung erklärt, dass Malcolm keine Familie mehr hat und ich seine Verlobte und die Mutter seines Kindes bin, deshalb darf ich jetzt auch hier warten. Vor der Notaufnahme, hinter deren Tür Malcolm gerade kämpft.

Zumindest hoffe ich, dass er kämpft.

Wogegen auch immer.

»Abby? Kaffee?«, wiederholt Jenson und ich merke erst jetzt, dass ich ihm gerade keine Antwort gegeben habe.

»Nein, danke.«

Jenson nickt, aber ich spüre, dass es ihm schwerfällt, still neben mir sitzen zu bleiben. Er scheint Malcolm in den letzten Tagen richtig ins Herz geschlossen zu haben.

»Hol du dir doch was«, schlage ich vor. »Ich halte hier die Stellung.«

»Sicher?«

Ich ringe mir ein Lächeln ab und sehe zu Jenson hinüber. »Sicher.«

Er blickt mich kurz prüfend an, dann steht er auf und geht den Gang runter. Offenbar weiß er bereits, wo sich ein Getränkeautomat befindet.

Ich sehe ihm einen Moment nach, dann lasse ich mich in dem unbequemen Stuhl zurücksinken und atme durch.

Was für ein Albtraum.

Ich bin noch so geschockt, dass sich die ganze Situation für mich absolut unwirklich anfühlt. Ich kann gar nicht richtig erfassen, was hier gerade passiert.

Mir ist kalt und übel – mein Körper hat längst verstanden, dass etwas Schreckliches geschehen ist. Nur mein Kopf will es noch nicht so recht begreifen.

Kann es sein, dass Malcolm stirbt?

Nein, das ist absolut ausgeschlossen, denn ich brauche ihn. Allein der Gedanke schmerzt so sehr, dass ich ihn augenblicklich von mir fortschiebe.

Kann es sein, dass er …?

Wieder Schritte auf dem Linoleum, wieder springe ich auf und diesmal habe ich Glück. Ein freundlich lächelnder Arzt mit müden Augen und grauen Schläfen kommt geradewegs auf mich zu.

Ist es ein gutes Zeichen, dass er lächelt?

Oder ist es eher ein mitleidiges Lächeln? Eines, dass er aufsetzt, bevor er Hiobsbotschaften überbringt?

»Sie sind die Verlobte von Mister Sanders?«, fragt er und ich nicke schnell.

Seine Verlobte. Der Gedanke fühlt sich gut an und spendet mir etwas Trost in all dem Durcheinander.

»Ich bin Doktor Winslow.« Er schüttelt meine Hand und ich wünschte, er würde sich die Höflichkeiten sparen und mir endlich sagen, was mit Malcolm ist.

»Geht es Malcolm gut?«

Doktor Winslow sieht auf ein Klemmbrett, das er in der Hand hält, dabei muss er doch genau wissen, wie es Malcolm geht, schließlich kommt er gerade von ihm!

»Bitte«, flehe ich. Mir dauert das einfach zu lange, ich muss wissen, ob es ihm gut geht.

»Bitte erschrecken Sie jetzt nicht. Er hatte einen leichten Schlaganfall«, erklärt mir der Doktor.

Einen Schlaganfall? Kriegen den nicht nur alte Leute?

In Sekundenschnelle spult mein Hirn alles ab, was ich über Schlaganfälle weiß und es sind nicht die schönsten Infos. Halbseitenlähmungen, Sprachstörungen, Charakterveränderungen.

»Hören Sie, haben Sie bitte keine Angst. Wir haben ihn gründlich untersucht und er hatte noch einmal Glück im Unglück, denn soweit wir das zum jetzigen Zeitpunkt beurteilen können, hat er keine bleibenden Schäden zurückbehalten.«

Ich spüre, wie mir hundert Steine vom Herzen fallen. Keine bleibenden Schäden. Keine Schäden.

Das ist gut. Das ist doch das Wichtigste.

»Wie ... wie konnte es denn passieren? Ich meine ...«

Nun schleicht sich doch noch ein aufgebrachter Ausdruck in die Augen des Arztes. »Mister Sanders weist gewisse körperliche Anzeichen auf, von denen wir glauben, dass wir sie durchaus dafür verantwortlich machen können. Auf dem CT konnten wir sogenannte Gliazellen im Gehirn erkennen, vereinfacht gesagt, Narbengewebe aus alten Schädigungen. Sein Herz weist Spuren einer Klappenfibrose auf. Gemeinsam mit ein paar anderen auffälligen Symptomatiken sind das klassische Anzeichen für jahrelangen Methamphetamin-Missbrauch.«

Methamphetamin?

Verwirrt schüttle ich den Kopf. Jetzt verstehe ich gar nichts mehr.

»Ich rede von Crystal Meth«, hilft mir Doktor Winslow auf die Sprünge.

So gerade eben kann ich ein hysterisches Lachen unterdrücken. Malcolm nimmt doch keine Drogen! Er verkauft Gras, das weiß ich, das weiß jeder, doch er kifft noch nicht mal!

»Aber ...«

»Ich erkläre es dir gleich«, sagt Jenson und ich merke erst jetzt, dass er mit einem Kaffeebecher in der Hand wieder neben mir steht.

Ich sehe ihn an und nicke dankbar, auch wenn seine Worte nur noch mehr Fragezeichen in meinem Kopf entstehen lassen.

Was weiß er, das ich nicht weiß?

Drogenmissbrauch.

Ein Schlaganfall.

In all diesen furchtbaren Begriffen erkenne ich Malcolm gar nicht wieder.

»Wie gesagt, er hatte noch einmal Glück. Alles weitere werden jetzt die nächsten Tage zeigen, aber ich bin zuversichtlich, dass es Ihrem Verlobten bald wieder geht wie vorher. Nur eins sollten Sie ihm einbläuen: Von Leistungssport sollte er dringend die Finger lassen.«

Doktor Winslow ist schon wieder auf dem Sprung, deshalb rufe ich ihm noch schnell das Wichtigste nach.

»Darf ich zu ihm?«

»Natürlich. Sobald er auf seinem Zimmer ist, wird Sie eine Schwester zu ihm bringen.«

Damit verabschiedet sich der Arzt und ich bleibe fassungslos mit Jenson zurück.

MALCOLM

Ich werde von einem Geräusch wach, das für mich das Schlimmste auf der Welt ist. Abigail weint.

Sofort öffne ich die Augen und sehe mich nach ihr um. Doch mein Blick ist noch trüb und das Licht ist so grell, dass ich zuerst nur Schemen erkenne.

»Abby ...?«, frage ich und blicke in ihre Richtung.

Ich weiß weder, wo ich hier bin, noch was vorgefallen ist, geschweige denn, warum meine Freundin weint. Doch das spielt eigentlich auch keine Rolle. Das Wichtigste ist, dass sie wieder lächelt. Dazu muss ich sie irgendwie bringen ...

»Malcolm!« Abby beugt sich zu mir vor und endlich kann ich auch ihr Gesicht sehen.

Sie ist ganz bleich und ihre Augen sind viel zu rot und glasig.

»Hey ...« Ich strecke eine Hand nach ihrem Gesicht aus und streichle ihr über die Wange. Am Rande nehme ich wahr, dass in meinem Handrücken eine Nadel steckt. Schnell wende ich den Blick ab.

Bin ich in einem Krankenhaus?

»Ich bin so froh, dass du wach bist!«, sagt Abby und wischt sich über die Augen.

»Hatte ich einen Unfall?« Ich kann mich beim besten Willen nicht daran erinnern, wie ich hierher gekommen bin.

»Du hattest einen leichten Schlaganfall.« Abigail spricht das Wort so aus, als hätte sie es noch nie zuvor gehört. Als würde es in ihrer Welt nicht zu jemandem wie mir passen.

Dabei wusste ich, wenn ich ehrlich bin, schon immer, dass mein Risiko erhöht ist. Es gab eine Menge Untersuchungen, als ich ein Kind war, aber ich habe mir darüber nie wirklich Gedanken gemacht. Für mich war immer nur das Hier und Heute wichtig. Doch spätestens in den letzten Tagen hätte mir wahrscheinlich klar sein müssen, dass es jetzt Zeit ist, an morgen zu denken.

»Mir geht es gut«, versichere ich Abby, dabei weiß ich das gar nicht sicher. Ich glaube jedoch nicht, dass irgendein Körperteil von mir gelähmt ist und bis auf die leichte Verwirrtheit scheint es auch meinem Kopf bestens zu gehen.

Abby nimmt meine Hand und ich streichle ihre Finger. Ich kann sehen, dass sie schon wieder mit den Tränen kämpft.

»Hey, hey. Bitte nicht.« Ich setze mich so gut es geht auf. Überall an meinem Körper hängen Kabel. Es sieht so aus, als würde ich ziemlich gründlich überwacht werden. Dabei fühle ich mich eigentlich gar nicht schlecht. »Komm her, Süße.« Ich nehme Abby in den Arm und sie schmiegt sich weinend an mich.

Alles, was in den letzten Tagen passiert ist, muss verdammt viel für sie sein.

»Es geht mir wieder gut, hörst du? Kein Grund zu weinen«, flüstere ich in ihr duftendes Haar.

Ich kann es nicht ertragen, sie so traurig zu sehen.

»Warum hast du es mir nicht gesagt? Du hättest mir doch von den Problemen in deiner Familie erzählen können, Malcolm ...«

Weint sie jetzt deswegen? Und wie hat sie es rausbekommen?

Sie scheint meinen fragenden Blick zu bemerken. »Jenson«, schnieft sie. »Er hat die ganze Zeit mit mir hier gewartet und mir alles gesagt, was du mir verheimlicht hast.«

Sie ist gekränkt, und das verstehe ich sogar.

»Es tut mir leid. Ich wollte mit dir reden, aber dann konnte ich es nicht, weil mir ... meine Familie einfach peinlich ist.« Die Worte fallen mir gar nicht so schwer und ich frage mich, warum ich ihr nicht schon viel eher von meiner Herkunft erzählt habe.

»Peinlich?«, fragt sie ein bisschen schrill. »Vor mir muss dir gar nichts peinlich sein, hörst du? Du musst ehrlich zu mir sein!«

Ich nicke leicht. Sie hat ja Recht, aber ... Scheiße, wer gibt schon gerne zu, dass er in eine Horde Abschaum geboren wurde?

Tja, jetzt kennt sie die Wahrheit. Ich sehe sie an. »Aber das ändert doch nichts an unserer Beziehung. Es ist doch im Endeffekt egal, wo ich herkomme, oder?«

Abby schüttelt den Kopf und ich fürchte für einen Moment, dass es das jetzt war. Dass sie nicht damit leben kann, dass der Vater ihres Kindes aus so einer Familie stammt wie ich.

»Die Drogen, Malcolm. Davon rede ich ...«

»Das ist doch nur harmloses Cannabis«, sage ich und verstehe wirklich nicht, was sie plötzlich für ein Problem hat.

Vielleicht geht es hier um ihren Vater und seine Kandidatur.

»Das weiß ich doch.« Abby setzt sich auf und zieht schniefend die Nase hoch. »Ich rede von deinem Meth-Konsum.«

Jetzt kapiere ich wirklich überhaupt nichts mehr. »Ich konsumiere kein Meth, Abby.«

Ich sehe sie prüfend an. Ist sie kurz davor, den Verstand zu verlieren oder wie kommt sie auf so einen Quatsch?

»Hat der Arzt irgendwas in die Richtung gesagt?«

»Und ob.« Abigail sieht mich verletzt an. »Sie haben es an deinem Gehirn gesehen. Und an deinem Herz. Du hast irgendwelche Narben, die ...« Sie wirft die Hände in die Luft. »Keine Ahnung, aber du hast auf jeden Fall Schädigungen, die nicht mehr weggehen, und wenn du jetzt nicht damit aufhörst, wird es dich vielleicht irgendwann umbringen!«

Okay, langsam dämmert mir, was hier vor sich geht. Dann kommt jetzt wohl der unangenehmste Teil von allen.

»Das sind Langzeitschäden«, beginne ich. »Meine Eltern hatten ...«

Augen zu und durch. Ich kann jetzt nicht mehr zurückrudern, wenn ich nicht will, dass sie mich für einen Junkie hält.

»Meine Eltern hatten eine Methküche. Sie waren Süchtige und Dealer zugleich und immer, wenn ich ihnen als Kind zu schwierig wurde, haben sie mich mit Crystal Meth ruhig gestellt. Deshalb kann ich bis heute keine Spritzen und keine Blutstropfen sehen. Beides erinnert mich immer daran, wie ... hilflos ich damals war.

Ich wollte das Zeug nicht, weil ich gespürt habe, dass es nicht gut für mich war. Aber wehren konnte ich mich auch nicht. Ich war einfach zu klein damals. Ich begriff ja nicht mal wirklich, was es war, das sie mir gaben.«

Das Entsetzen in Abbys Augen tut mir leid. Ich möchte sie nicht derart erschrecken, aber es ist nun einmal die Wahrheit. Ich hoffe, ich kann ihr irgendwann begreiflich machen, dass ich so gut es geht über meine Kindheit hinweg bin. Dass uns – bis auf die Langzeitfolgen – nichts von damals im Weg stehen wird.

»Abby ...« Ich streichle wieder ihre Hand. »Ich würde niemals freiwillig irgendwelche Drogen nehmen. Glaub mir, die Entzugserscheinungen damals waren mir genug. Nach jeder Injektion ging es mir tagelang dreckig. Kopfweh, Übelkeit, Krämpfe ... Sie sagten dann immer, ich hätte eine Grippe, aber mittlerweile ist mir natürlich klar, was die Symptome wirklich bedeutet haben. Das waren Schmerzen, die ich nie wieder haben will. Das verspreche ich dir.«

»Es tut mir leid, ich weiß auch nicht ... Jenson hat mir von deiner Familie erzählt und da habe ich eins und eins zusammen gezählt ...«

»Mathe war noch nie deine Stärke«, sage ich und entlocke Abby damit ein leises ungläubiges Lachen.

Auftrag erfüllt.

Wieder habe ich sie zum Lachen gebracht und ich hoffe, dass noch viele weitere Tage, Monate und Jahre folgen werden, in denen ich sie glücklich machen kann.

»Versprich mir, dass du in Zukunft besser auf dich aufpasst. Das Eishockey-Training ...«

»Vergiss den Unsinn«, sage ich.

Das ist mein Ernst. Auch wenn es mir irgendwie gefallen hat, Teil des Teams zu sein, ist ab sofort Schluss damit, denn es gibt Wichtigeres. Ich muss am Leben bleiben. Für Abby und für das Baby.

Abby gibt mir einen Kuss und ich ziehe sie wieder in meine Arme.

»Was meine Vergangenheit angeht«, sage ich, fest entschlossen, ihr jetzt auch noch von meiner Vorstrafe zu erzählen. Doch bevor ich dazu komme, geht die Tür auf und Griffin, Abbys Vater, kommt herein.

»Hallo, Malcolm«, sagt er und mir bleibt fast das Herz stehen.

Er weiß es, schießt es mir durch den Kopf.

Er weiß es.

»Dad«, sagt Abby überrascht und setzt sich auf.

Ihr Vater lächelt sie an. »Würdest du Malcolm und mir einen Kaffee holen?«

Oh, oh. Das kann nur bedeuten, dass er mit mir unter vier Augen reden will und das wiederum heißt sicher nichts Gutes.

»Natürlich.« Abby steht auf und sieht mich prüfend an, aber ich nicke ihr zu. »Ich bin sofort zurück.« Damit verlässt sie das Krankenhauszimmer und lässt mich allein mit ihrem Dad.

»Wie geht es dir?«, fragt Griffin und setzt sich zu mir auf die Bettkante, als wäre er mein Vater oder eine andere, mir nahestehende Person.

»Überraschend gut«, sage ich, auch wenn ich vor Aufregung fast zu zerspringen drohe. »Ich erinnere mich nicht, wie ich hierher gekommen bin und konnte Abby auch noch nicht fragen, aber im Großen und Ganzen geht es mir gut.«

»Schön zu hören«, sagt Griffin. Dann sieht er mich direkt an und scheint sich zu vergewissern, ob ich auch wirklich fit genug für seine nächsten Worte bin. »Ich weiß über dich Bescheid, Malcolm.«

Na toll.

Das war's dann wohl.

Irgendwie war ja klar, dass es so kommen würde. Als Senatskandidat kann Griffin jemanden wie mich in seiner Familie ganz einfach nicht gebrauchen.

»Darf ich das erklären?«, frage ich, aber Griffin schüttelt den Kopf.

»Ich glaube nicht, dass das nötig ist. Ich habe mich über dich schlau gemacht.«

Scheiße.

Ich kann nur hoffen, dass ich die Sache irgendwie noch richtig gebogen kriege.

»Hör zu, ich …«

Wie angekündigt, lässt mich Griffin nicht ausreden. »Du hast mich angelogen, Malcolm, und das gleich bei unserem ersten Gespräch. Ich weiß, du kennst unsere Familie noch nicht sonderlich gut, aber gewisse Werte werden bei uns großgeschrieben, und darunter fällt Ehrlichkeit. Woher weiß ich, dass du mich in Zukunft nicht wieder belügst? Oder, was noch viel schlimmer wäre: Abigail?«

Ich erwidere Griffins Blick einen Moment lang wortlos und versuche zu ergründen, was seine Worte in mir auslösen. Dass dieses Gespräch kommen würde, habe ich schon in dem Moment befürchtet, als ich die Lüge, von der Abbys Dad jetzt redet, laut aussprach. Doch ich habe erwartet, dass ich mich dann anders fühlen würde. Reumütiger.

Stattdessen werde ich jetzt sauer.

»In meiner Familie werden auch gewisse Werte großgeschrieben«, gebe ich zurück. »Zum Beispiel, dass Geld über alles geht. Oder nein, das stimmt nicht. Noch wichtiger ist Rausch. Nie ganz klar im Kopf sein zu müssen, damit man nicht erkennt, wie scheiße das eigene Leben eigentlich ist. Hätte ich dir und deiner Frau das sagen sollen? Hey, ich bin Malcolm und ich komme aus einer Familie krimineller Verlierer? Und das bei unserem allerersten Gespräch?«

Griffin erwidert meinen Blick und bleibt völlig gelassen. Ich glaube, er spürt deutlicher als ich in dem Moment, dass ich eigentlich in erster Linie frustriert bin.

Weil ich etwas erkennen muss, das ich bisher ganz gut vor mir verleugnet habe: Im Grunde habe ich nicht nur in der letzten Zeit versucht, ein anderer zu sein, als ich eigentlich bin. Sondern ich habe mein ganzes Leben lang darum gekämpft. Alles dafür getan, nicht Malcolm, der Drogenkurier aus dem Hinterland Kaliforniens zu sein, sondern jemand, der sich selbst im Spiegel betrachten kann, ohne – was? Ein Zerrbild zu sehen?

Doch bei dem Kampf, der schon mein ganzes Leben andauert, gibt es einen gewaltigen Unterschied zu meiner kurzen, gescheiterten Eishockeykarriere: Er war erfolgreich.

Ich sitze nicht im Knast, betreibe keine Methküche und das letzte bisschen kriminelle Machenschaften gebe ich jetzt auch noch auf.

Alles, was ich mir zu Schulden habe kommen lassen, war eine Notlüge. Das ist alles, was ich mir vorzuwerfen habe und ja eigentlich auch alles, was Griffin mir tatsächlich vorwirft. Also sollte ich versuchen, sachlich zu bleiben.

Ich richte mich auf und sage: »Vielleicht hätte ich genau das tun sollen, hm?«

Griffin nickt. »Damit hättest du mir eine Menge Arbeit erspart. Anders als du bin ich nämlich nicht sonderlich gut am Computer.«

Ich runzle die Stirn.

»Aber ich habe ein paar ganz fähige Jungs in meinem Wahlkampfteam und dank denen weiß ich, aus was für einer furchtbaren Familie du kommst. Dass du dich aus eigener Kraft bis an eine der besten Unis von ganz Amerika gekämpft hast. Ich habe herausgefunden, dass dein Vater im Gefängnis sitzt und deine Mutter verschwunden ist. Ich weiß auch, dass du vorbestraft bist, Malcolm, weil du mit dreizehn Jahren beim Verkauf von Drogen erwischt worden bist. Und wie du dir an eurer Uni dein Geld verdienst, weiß ich ebenfalls.«

Das hat er auch herausgefunden?

Griffin muss nicht nur ein paar Computerfreaks im Wahlkampfteam, sondern Freunde beim FBI haben, wenn er all das in wenigen Tagen in Erfahrung gebracht hat.

»Doch ich weiß auch, dass du meine Tochter liebst und dass du alles tun wirst, um ein guter Mann und Vater zu sein. Das habe ich einfach gespürt. Du bist ein guter Kerl, Malcolm, und meine Tochter war noch nie zuvor so glücklich wie mit dir. Also. Was machen wir jetzt?«

»Gib mir eine zweite Chance«, sage ich, ohne auch nur eine Sekunde zu zögern.

Griffin betrachtet mich nachdenklich. »Nun, laut deinem Lebenslauf weißt du zweite Chancen ganz gut zu nutzen.«

»Diesmal werde ich mich noch besser schlagen als damals.«

Griffin nickt anerkennend. »Ehrgeiz. Vielleicht vererbst du den ja an euer Kind.« Mit einem Mal, vielleicht, weil es jetzt um das Baby geht, nehmen seine Züge eine gewisse Wärme an. »Aber nur unter einer Bedingung.«

»Egal welche, ich bin einverstanden«, sage ich sofort.

»Lass mich dir helfen, Abigail und dem Baby ein gutes Leben zu bescheren und dir mit dem Rest deiner Studiengebühren unter die Arme greifen«, fordert Griffin.

Für den Moment weiß ich gar nicht, was ich sagen soll. Ich bin absolut erleichtert und vollkommen überrumpelt. Ich habe mit vielem gerechnet, aber nicht damit.

»Das ... Oh Mann«, bringe ich nur hervor.

Griffin lacht leise, genau wie seine Tochter eben noch. »Dann haben wir eine Vereinbarung?«

Ich sollte wahrscheinlich ja sagen, aber so bin ich nicht. »Ich kann das nicht annehmen. Das mit den Studiengebühren, meine ich.«

»Sieh es als privaten Kredit an. Du kannst mir das Geld zurückzahlen, wenn du erstmal richtig beim AI Method Lab verdienst.«

»AI Method?« Das ist das größte IT-Forschungs-Unternehmen des Silicon Valley. Es wäre natürlich super, dort zu arbeiten, aber ich glaube, dorthin will auch so ziemlich jeder, der etwas in die Richtung studiert wie ich.

»Ich golfe mit dem CEO der Firma und der war sehr beeindruckt, als ich ihm von dir erzählt habe. Du kannst dir jederzeit einen Termin für ein Vorstellungsgespräch geben lassen. Sie haben übrigens auch eine ziemlich gute Kinderbetreuung« Griffin zwinkert mir zu und ich traue meinen Ohren kaum.

»Das ist ...«, stammle ich.

»Das ist ein Vertrauensvorschuss. Und ich bin mir sicher, dass du ihn diesmal nutzen wirst, mein Junge. Jetzt werd erstmal wieder gesund.«

Griffin klopft mir auf den Unterarm und ich kann kaum fassen, dass die Sache mit Abby, ihrer Familie und mir doch noch so ein gutes Ende zu nehmen scheint.

KAPITEL 9

MALCOLM

»Und? Steht mir der Anzug?«

Kelly mustert mich von oben bis unten. »Du siehst besser aus denn je.«

Mit hochgezogener Braue sehe ich sie an. »Hat das mit irgendwelchen seltsamen Vorlieben deinerseits zu tun oder so ...?«

Kelly, die in der Umkleide der Eishockeyhalle ungefähr so deplatziert wirkt wie ihre alte Corvette inmitten der typischen UC-Sportwagen, zieht ebenfalls die Brauen hoch. »Also, an dem Tag, an dem ich anfange, auf Furries zu stehen, darfst du mich offiziell einweisen!«

Ich wende mich dem Spiegel über dem Waschbecken zu und betrachte mich selbst darin. So schlimm ist es eigentlich gar nicht. Das Kostüm ist dunkelbraun und meine Arme stecken in etwas, das entfernt an Flügel erinnert. Die Hände sind allerdings frei. Auf meinem Rücken steht groß das Emblem der Eagles und ich werde mir, passend dazu, einen überdimensionierten Adlerkopf aufsetzen.

Eigentlich wundert es mich, dass ein Team wie die Eagles bisher noch kein Maskottchen hatte. Doch als mir

Coach Ridley diese Aufgabe anbot, war ich sofort dabei. Das ist ein perfekter Kompromiss – ich kann mit Abby trainieren, ohne mich zu überanstrengen und einen weiteren Schlaganfall zu riskieren. Als Maskottchen bin ich dafür zuständig, während der Show der Cheerleaderinnen und in den Pausen für ein bisschen Stimmung zu sorgen, mehr nicht.

Die Ärzte haben mich vor meiner Entlassung mehr als deutlich gewarnt: Dank meiner Eltern muss ich für den Rest meines Lebens aufpassen, was körperliche Betätigung angeht. Na ja, es hätte schlimmer kommen können. Wäre ich einer der Jocks, würde mir das bestimmt richtig auf die Nerven gehen.

Doch solange ich noch zocken darf ...

»Woh! Keine Frauen in der Umkleide!«

Matt Lewis kommt splitterfasernackt aus der Dusche und prallt zurück, als hätte ihn eine unsichtbare Faust getroffen, während sich Kelly auf der Stelle die Augen zuhält.

»Penis«, murmelt sie.

Ich weiß nicht, worüber ich mehr lachen muss, über ihre Verklemmtheit oder Matts entsetzten Gesichtsausdruck, ehe er sich ein Handtuch schnappt und sich zwischen die Spinde zurückzieht.

»Meine Schuld«, rufe ich.

»Sanders, du kleiner Penner, dafür knocke ich dich aus!«

So kenne ich Matt.

Grinsend schnappe ich mir meine Kopfbedeckung und wende mich Kelly zu. »Gehen wir, bevor er sich was angezogen hat und seine Drohung wahrmacht.«

»Was hüpft der so kurz vor Spielbeginn überhaupt noch nackt hier rum?«, will Kelly wissen.

Ich winke ab. »Den muss man nicht verstehen.«

Damit setze ich mir den Adlerkopf auf und verlasse mit Kelly die Umkleide. »Hey«, sage ich an der Tür. »Hast du die Schachtel noch?«

»Nee, die habe ich im Pfandhaus versetzt«, scherzt sie und drückt sie mir in die Hand. Ihre braunen Augen funkeln vor Vorfreude. »Viel Glück. Und versau es nicht.«

»Als hätte ich das je«, sage ich gedämpft durch den Stoff des Kostüms.

Doch in Wahrheit bin ich nicht so ruhig, wie ich gerade tue. Ich bin sogar ziemlich nervös, aber ich schätze, das ist vor einem solchen Schritt ganz normal.

ABIGAIL

Gemeinsam mit den anderen Mädels stehe ich im Kabinengang und spüre die vertraute alte Nervosität in mir – gepaart mit einem Funken Wehmut.

Nicht mehr lange, dann muss ich bei den Firebirds aussetzen, aber was ich dafür bekomme, ist jede Pause wert.

»Fertig?«, fragt Trainerin Price und wir nicken.

Ich trete an meinen Platz ganz nach vorn, schließlich bin ich noch die Anführerin unserer Truppe, und rufe: »Mädels, sind wir bereit, ein bisschen Liebe für die Eagles zu zeigen?«

»Wir schon«, grinst Mia, »aber du wohl eher für ihr Maskottchen!«

Als wäre das sein Stichwort, stößt in dem Moment Malcolm zu uns, in Begleitung von Kelly.

»Höre ich da meinen Namen?« Seine Stimme dringt nur gedämpft durch den Stoff des riesigen Adlerkopfes.

Ich blicke ihm entgegen und kann mir das Lachen kaum verkneifen.

Er sieht einfach zu süß aus – wie ein Adler, aus dem jemand die Luft gelassen hat.

Die anderen Mädels sind genauso begeistert wie ich, aber er hat nur Augen für mich, schlingt seine Flügel um meine Hüften und sagt: »Krieg ich einen Kuss, bevor es losgeht?«

»Spinner«, flüstere ich und küsse den plüschigen Schnabel seiner Verkleidung.

Ein Lippenstiftabdruck bleibt darauf zurück und ich mache mir keine Mühe, ihn wegzuwischen. Sollen die Zuschauerinnen ruhig sehen, dass das Maskottchen schon vergeben ist.

»Geht es dir gut?«, frage ich leise.

Malcolm war nach seinem leichten Schlaganfall noch eine gute Woche zur Beobachtung im Krankenhaus, mir kam das reichlich kurz vor, doch die Ärzte haben mir immer wieder versichert, dass das die übliche Vorgehensweise bei Anfällen dieser Art ist. Zum Glück ist seitdem nichts mehr passiert. Er hat auch keine Lähmungserscheinungen oder sonstigen Ausfälle und er hat mir versprochen, in Zukunft gut auf sich aufzupassen.

»Bestens«, sagt er. »Und euch? Dir und Ilia, meine ich?«

»Griff und ich sind okay«, versichere ich ihm und gebe mir keine Mühe, leise zu reden – ich habe mir ein Herz gefasst und den Mädels sowie Coach Price alles gesagt. Als die Kür mit den Saltos immer mehr Gestalt annahm, blieb mir nichts anderes mehr übrig.

Sie sind der Meinung, dass ich die coolste und heißeste Mom aller Zeiten werde und laut der Trainerin darf ich mitmachen, solange es für mich geht. Natürlich unter Ausschluss von Hebefiguren und sonstigen riskanten Geschichten.

Das alles fühlt sich gut an, es fühlt sich an, als wäre nicht nur Malcolm, sondern auch ich an dieser ganzen Sache gereift, als wären wir mit jeder Woche, die verstreicht, mehr bereit für das, was vor uns liegt.

In ein paar Monaten ist es so weit.

Doch jetzt liegt erst mal was anderes vor uns. Es ist Showtime.

Ich lächle Malcom nochmal an, dann löse ich mich von ihm und rufe: »Okay! Heizen wir der Menge ein!«

Und damit geht es los.

Wir stürmen aufs Eis oder besser gesagt unsere Filzmatte und legen mit unserer Show los. Die Halle ist wie immer brechend voll, die Eagles und ihre heutigen Gegner, die Lions aus Kentucky, warten schon am Rand und applaudieren. Tom Turner steht direkt am Eingang zur Eisfläche, hinter ihm seine Freundin Chelsea, die die Arme um ihn gelegt und sich an seine Schultern gekuschelt hat. Die beiden wirken viel glücklicher als früher, bevor sie zusammen waren. Irgendwie finden wir der Reihe nach alle unser Glück und meist kommt es unerwartet.

Die Fans jubeln uns zu, als wir mit unserem einstudierten Tanz beginnen – Sherley und ein paar andere übernehmen den akrobatischen Teil, Mia, ich und Malcolm sind diejenigen, die für die Stimmung sorgen.

Wie immer bin ich die Wortführerin und die alte Euphorie erfasst mich, als ein guter Teil der Zuschauer mit mir in unseren traditionellen Schlachtruf einstimmt: »Go Eagles, give them Hell!«

Malcolm macht seine Sache perfekt. Zu den Klängen von *Gives you Hell* ist er mal hier, mal da unterwegs und motiviert die Zuschauer, noch lauter zu jubeln.

Als unsere Show endet, bin ich glücklich, die Fans toben und die Lions wirken eher wie eingeschüchterte kleine Kätzchen.

»Yeah!«, ruft Sherley und rüttelt an meiner Schulter. »Wir waren mega!«

Ich grinse sie an – dann werde ich gepackt und durch die Luft gewirbelt.

Überrascht kreische ich auf, und als ich wieder stehe, drehe ich mich zu Malcolm um: »Du sollst doch auf dich aufpassen.«

»Noch kann ich dich mühelos stemmen«, antwortet er und nimmt seine Kopfbedeckung ab.

Die Leute jubeln und johlen, als sie ihn erkennen und ich drücke stolz seine Hände. Mein Freund ist beliebt an unserer Uni – aber er gehört mir. Nur mir ganz allein.

»Los, wir müssen Platz machen«, sage ich und will ihn mitnehmen, damit die Filzmatte weggeräumt werden kann.

Malcolm hält mich zurück. »Warte noch.«

Irritiert sehe ich ihn an. »Worauf?«

»Das siehst du schon gleich.«

Ich blicke mich um – und erkenne, dass die anderen Firebirds sowie die Eagles überall an den Banden Leuchtstäbe ans Publikum verteilen. Coach Ridley und Trainerin Price stehen nebeneinander am Rand und grinsen wie Honigkuchenpferde.

Was ist denn los?

»Malcolm, was ...«

Er lächelt mich vielsagend an. »Wie gesagt, das siehst du gleich.«

Die Zuschauer fangen an zu tuscheln. Sogar sie scheinen mehr zu wissen als ich!

Ich muss lachen, als ich sehe, dass Jenson zum Rand fährt und etwas von Kelly entgegennimmt – Malcolms zerkratzte Gitarre!

Sie strahlt und zeigt Malcolm beide erhobenen Daumen.

»Spielst du dein Lied für mich?!«, frage ich ungläubig. Hier? Vor all den Leuten? Gott, er ist doch verrückt.

»Ja, genau, du hast es erraten«, sagt er, aber sein Gesichtsausdruck zeigt mir, dass das nicht die ganze Wahrheit ist ...

Und endlich, endlich fällt bei mir der Groschen.

Die Frage, die er in dem Podcast vor seinem Schlaganfall gestellt hat, hatte ich in der Aufregung ganz vergessen.

Doch als Malcolm sich die Gitarre schnappt und den ersten Akkord anschlägt, wird mir alles klar und mein Herz beginnt so heftig zu klopfen, als wollte es aus meiner Brust springen.

Mit Tränen in den Augen stehe ich vor ihm, verliebe mich schon wieder in sein Lächeln, in seine Stimme, in diese Selbstverständlichkeit, mit der er alle hier für sich einnimmt, obwohl er ein ziemlich hässliches Adlerkostüm trägt.

Als er beginnt, den Song für mich zu singen, der nur mir gehört, laufen mir die Tränen über die Wangen.

Das Licht wird gedimmt und ich sehe mich ungläubig um. Alle Fans, die der Lions und die der Eagles, schwenken ihre Leuchtstäbe, während sich meine Mädels und unsere Jungs um uns versammeln.

Eine Gänsehaut überzieht meinen ganzen Körper. Dieser Moment ist so perfekt, dass es fast wehtut. Ich sehe zu Mia, die an Slater geschmiegt dasteht und mich anstrahlt. Zu Slaters bestem Freund Tom, der seine Freundin Chelsea im Arm hält. Zu Jenson, der so zufrieden wirkt, als wäre das hier sein Antrag und dann wieder zu Malcolm, der die letzten Zeilen des Refrains der begeisterten Menge überlässt, wobei er näher an mich herantritt.

»Ich muss dich was fragen, Abby«, sagt er leise.

»Ich weiß«, gebe ich mit zittriger Stimme zu. »Und ich muss dir was beichten.«

Verwundert sieht Malcolm mich an.

Ich zucke mit den Schultern. »Ich höre deinen Podcast schon ewig. Ich ... bin *Killer Barbie*. Und das ist übrigens auch mein Fortnite-Name. So, jetzt weißt du es.«

Malcolm lacht, während er die letzten Akkorde ausklingen lässt und ruft über den Jubel der Menge hinweg: »Und den findest du jetzt peinlich? Meiner ist *Ginger Snaps*!«

Ich muss ebenfalls lachen. Ginger Snaps – das ist der Name einer Waffelsorte, der eines Horrorfilms, und außerdem bedeutet es: Ein Rothaariger rastet aus.

Das ist so typisch!

Malcolm betrachtet mich grinsend, dann übergibt er die Gitarre an Jenson und holt etwas aus seiner Tasche.

Mir ist klar, was jetzt kommt und doch bin ich total überwältigt, als er vor mir auf die Knie geht.

»Malcolm ...«

Die Leute werden ganz ruhig.

»Abby, ich weiß nicht, was ich sagen soll«, gibt er zu. »Ich habe nichts einstudiert oder so.«

Ein leises Lachen von den Mädels, die um uns herumstehen.

Malcolm schmunzelt, dann wird er ernster. »Alles, was ich sagen kann, ist, dass du der beste Teil meines Lebens bist. Der beste Teil von mir. Und dass eine Zukunft mit dir definitiv mehr ist, als ich mir immer erträumt habe. Aber ich glaube, wir zwei zusammen können alles schaffen. Und darum frage ich dich, Abigail Campbell, Titania, Killer Barbie ...«

»Blödmann«, flüstere ich, während mir schon wieder Glückstränen über die Wangen laufen.

»Ob du meine Frau werden willst.«

»Natürlich«, hauche ich und starre fassungslos auf den Ring, den er mir entgegenhält.

Er ist silbern und mit einem Brillanten versehen, dem eine winzige Ecke fehlt – dadurch sieht er aus wie Pac-Man.

Eine ewige Erinnerung an unseren ersten Kuss.

Ich halte Malcolm die Hand hin und er steckt mir den Ring an.

Dann steht er auf, ich schlinge die Arme um seinen Hals und küsse ihn, als wären wir allein.

Doch das sind wir nicht, wie mir der ohrenbetäubende Jubel verrät. In diesem Moment wird mir eins klarer denn je: Ich habe so ein Glück.

Glück, dass ich Malcolm gefunden habe. Glück, dass ich sein Baby bekomme. Und dass wir ein Teil dieser Gemeinschaft sind: der Eagles und der Firebirds, bei denen vor allen kleinen Kämpfen, Rivalitäten und Problemen vor allem eins zählt: Die Tatsache, dass wir füreinander da sind.

Immer.

Egal, wie verrückt unser Leben gerade läuft.

»Ich liebe dich, du Spinner«, flüstere ich Malcolm ins Ohr.

Er gibt mir als Antwort einen Kuss auf den Hals.

Ich vergrabe den Kopf an seiner Schulter und bin froh, dass alles auf diese Weise ausgeht. Dass noch viel mehr vor uns als hinter uns liegt und dass ich weiß, dass alles, was auf uns zukommt, an seiner Seite großartig sein wird.

MALCOLM

Folge 112
The Ivy Diary
Podcast

»Einen fantastischen guten Abend an alle glücklich Verliebten da draußen – und an alle einsamen Freaks, Cracks, Batcave-Girls, Streber, Game-of-Thrones-Fanatiker, Heimatlosen und Sportstars, die noch auf der Suche sind ... Willkommen zu einer neuen Folge vom *Ivy*

Diary, dem Podcast, der euch mit sämtlichen wichtigen Neuigkeiten von der wohl besten Uni der gesamten USA versorgt.

An dieser Uni ist heute etwas Entscheidendes passiert.

Nein, ich rede nicht vom Sieg einer gewissen Sportlermannschaft, die den Namen eines Raubvogels trägt – auch wenn dieser Sieg wirklich beeindruckend war.

Ganze sieben Tore sind gefallen, größtenteils erzielt durch die beiden unangefochtenen Stars des Teams. Zwei Treffer gab es jedoch auch durch andere Spieler: Einen völlig Irren, bei dem man nie ganz weiß, ob er mit einem befreundet sein oder einen zusammenschlagen will sowie den Kapitän der Mannschaft.

Man erzählt sich, dass dieser überragende Sieg vor allem dem neuen Maskottchen des Teams zu verdanken ist, das in seiner Funktion als Glücksbringer ganze Arbeit geleistet hat.

Doch wie gesagt, um diesen Sieg geht es gar nicht, denn es ist noch etwas anderes, viel Entscheidenderes passiert: Sie hat Ja gesagt.

Die Frau, von der ich vor gut zwei Monaten noch kaum mehr als ihren Namen kannte, wird mich heiraten. Und nicht nur das. Mit ihrer Erlaubnis darf ich euch noch etwas erzählen: Sie wird auch die Mutter meines Kindes, sodass ich euch hier bald nicht mehr vom typischen Unikram erzähle, sondern stattdessen vom Windelwechseln und der besten Technik, um ein Kleinkind dazu zu kriegen, sich den Babybrei nicht in die wenigen Haaren zu schmieren.

Na, freut ihr euch schon?

Ich wette, das tut ihr und ihr könnt eure Freude gern zum Ausdruck bringen, indem ihr mir in den Kommentaren Vorschläge für einen neuen Namen dieses Podcasts macht. The Daddy Diary? Von der Uni ins Chaos?

Ich bin mal gespannt, aber für heute, liebe Nachtschwärmer, bin ich raus. Denn hinter mir auf dem Bett wartet die wohl heißeste werdende ...

Habt ihr sie protestieren gehört? Ich schwöre euch, sie wird gerade richtig rot. Wie kann eine so schöne Frau so schüchtern sein?

Okay, Leute, ich muss aufhören, aber nicht ohne einen letzten Rat an alle einsamen Herzen da draußen: Egal, wie frustrierend es manchmal ist, den Partner fürs Leben noch nicht gefunden zu haben, vergesst nicht, dass eins immer am wichtigsten ist. Seid ihr selbst und respektiert euch so, wie ihr seid. Nur, wenn ihr euer wahres Ich zeigt, könnt ihr auch gesehen werden. Nur dann kann sich jemand in euch verlieben. Und ich bin mir sicher, dass es genauso kommen wird – für jeden da draußen. Früher oder später.

Eben genau zum richtigen Zeitpunkt.«

EPILOG

MALCOLM

Abby ist nervös. Das erkenne ich deutlich daran, dass sie sich weigert, meine Hand loszulassen – auch dann noch, als sie sich auf der Liege der Frauenärztin ausstreckt.

»Hey.« Ich drücke ihre Finger. »Alles ist gut.«

Mit einem leichten Flackern im Blick sieht sie mich an. »Und wenn nicht?«

»Es gibt kein ‚Und wenn nicht‘«, versichere ich ihr und nehme auf einem Hocker neben der Liege Platz.

Die Ärztin setzt sich auf die andere Seite und trägt lächelnd ein Gel auf Abbys noch ziemlich schlanken Bauch auf. »Sie werden eine gute Mutter. Die, die sich beim Ultraschall total verrückt machen, werden immer die besten Mütter. Und die Väter, die ruhig bleiben, werden die besten Dads.«

Sie lächelt mir zu und ich drücke nochmal Abbys Hand. »Siehst du?«

Abby sieht mich an und die Furcht verschwindet aus ihren Augen. »Bereit, Griffin kennenzulernen?«, fragt sie leise.

»Ich bin mehr als bereit«, sage ich und streichle über Abigails Fingerknöchel. Der Ring steht ihr ziemlich gut und ich kann es kaum erwarten, dass sie meine Frau wird.

Nächsten Sommer bin ich mit der Uni fertig. Mein erstes Gespräch mit AI Method lief sehr gut – und das, obwohl meine Vorstrafe nicht, wie ich es mir eigentlich gewünscht hätte, verschwunden ist.

Mein Vater hat nicht gestanden, ich habe meinen Teil der Vereinbarung ja schließlich auch nicht eingehalten und davon, mir aus reiner Nächstenliebe einen Gefallen zu tun, hält er wohl nach wie vor einfach nichts. Von ihm und Hank habe ich einfach gar nichts mehr gehört, ich glaube, Hank hat mich nach all den Jahren noch nicht einmal erkannt.

Ehrlich gesagt ist es mir so, wie es letztlich gekommen ist, lieber, als würde ich Abbys und meinen gemeinsamen Start mit Drogengeld finanzieren.

Ich durfte mit dem CEO von AI Method persönlich reden und war ihm gegenüber einfach vollkommen ehrlich. Er war beeindruckt und ich gehe davon aus, dass sie mich nehmen. Dann könnten wir uns nicht nur ein richtiges Zuhause leisten, sondern auch die Hochzeit feiern, die Abby verdient.

Wir haben vereinbart, dass Abby das erste Jahr nach der Geburt mit dem Studium pausiert. Danach habe ich hoffentlich einen Job, zu dem ich unser Kind mitbringen kann und sie kann zurück an die Uni.

Ich bin zuversichtlich, dass das klappt, wenn ich einfach weitermache wie bisher. Alles geben und nicht an meinem Weg zweifeln, denn das bringt sowieso nichts – das ist mir in der letzten Zeit mehr als klar geworden.

Die Ärztin setzt den Schallkopf an und ich sehe gebannt auf den Bildschirm. Viel erkennen kann ich nicht – helle und dunkle Flecken, als würde man irgendeinen mysteriösen Nebel im Weltraum betrachten.

Dann sagt die Ärztin. »Holla« und Abbys Augen werden groß.

»Stimmt was nicht?!«

»Süße, wenn was nicht stimmen würde, wäre ,Holla' vermutlich das Letzte, was eine Ärztin sagen würde.«

Die Frauenärztin sieht mich an und ihr Grinsen bestätigt mir, dass ich Recht habe. Dann wendet sie sich an Abby. »Es ist alles bestens«, sagt sie. »Ich würde sagen, es ist sogar doppelt gut.«

Doppelt ...

Ich schalte sofort, Abigail jedoch nicht.

»Was ... was soll das heißen?«, fragt sie und sieht von mir zu ihrer Ärztin.

Ich höre mich selbst ungläubig lachen. »Ich würde sagen, das heißt, es ...«

»Es werden zwei«, vervollständigt sie. »Sie bekommen Zwillinge.«

Mit offenem Mund sieht Abby sie an, dann mich. Schließlich flüstert sie: »Griffin und Ilia.«

»Miss Campbell, um das Geschlecht auszumachen, ist es noch etwas zu früh«, sagt die Ärztin sofort, aber wir hören ihr gerade beide gar nicht richtig zu.

Ich sehe in Abbys Augen und sie in meine und wir wissen beide, dass es genauso ist, wie sie sagt. Dass wir beide mit unseren Vermutungen Recht hatten.

Wir bekommen ein kleines Mädchen, dem wir die Schmetterlinge in Pacific Grove zeigen können. Und einen Jungen, der mit uns durch Europa toben wird.

In Abbys Augen kann ich diese Zukunft sehen – Jahre, die vor uns liegen und die vielleicht nicht immer perfekt sein werden.

Aber wenn man nur das Wesentliche betrachtet, werden sie es doch.

Wir werden eine Familie sein, wir werden unseren Kindern die bestmöglichen Eltern sein. Auch wenn es irgendwie paradox ist, wenn man meine Vergangenheit betrachtet, glaube ich, dass es mir im Blut liegt, ein guter Vater zu sein. Und Abby wird eine tolle Mom. Sie kann die Kleine mit zum Cheerleading nehmen und ich zeige Griffin, wie man Rayman zockt.

Oder vielleicht auch umgekehrt, wer weiß das schon?

Abigail strahlt mich an, und hätte ich ihr das nicht schon längst gesagt, würde ich es spätestens jetzt tun – dass sie für mich in jeder Hinsicht die schönste Frau der Welt ist.

Und so haben wir es doch noch bekommen.

Das Happy End, mit dem ich eigentlich gar nicht gerechnet habe.

ENDE